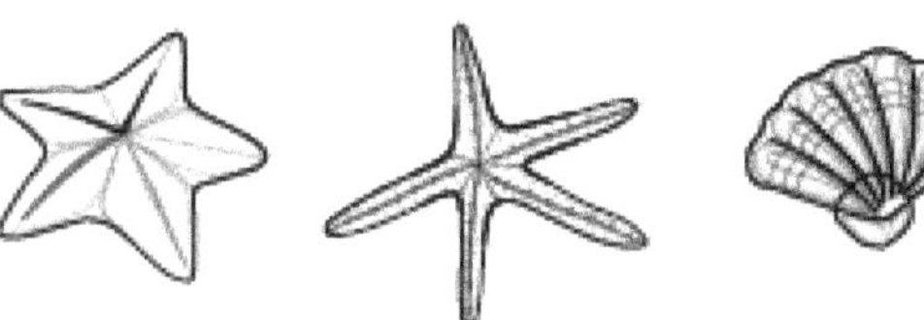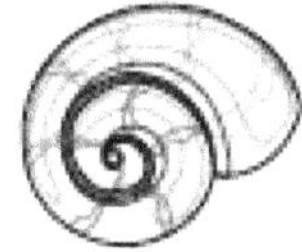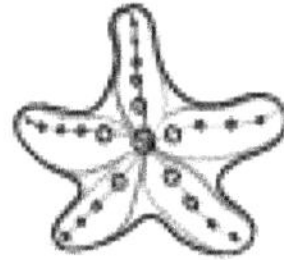

D IS DRA ING OOK

B LONG TO

____

____

____

The grid copy method divides each entire image
into smaller squares, allowing you to focus on the
.square of the image and simply draw it each time

When you focus only on what is in this particular box
you're working on, try to draw exactly what you see in
the box

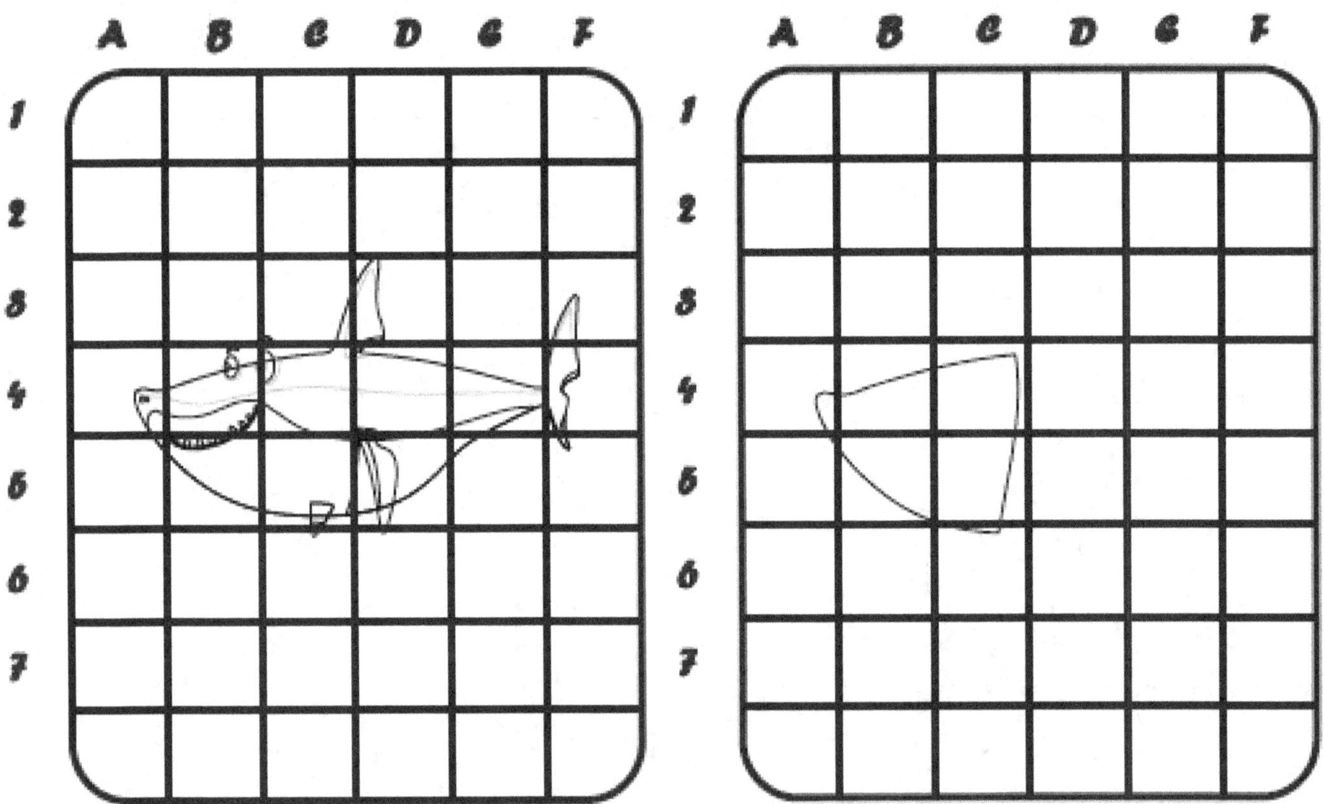

when you're refinished add your own details
or color your masterpieces

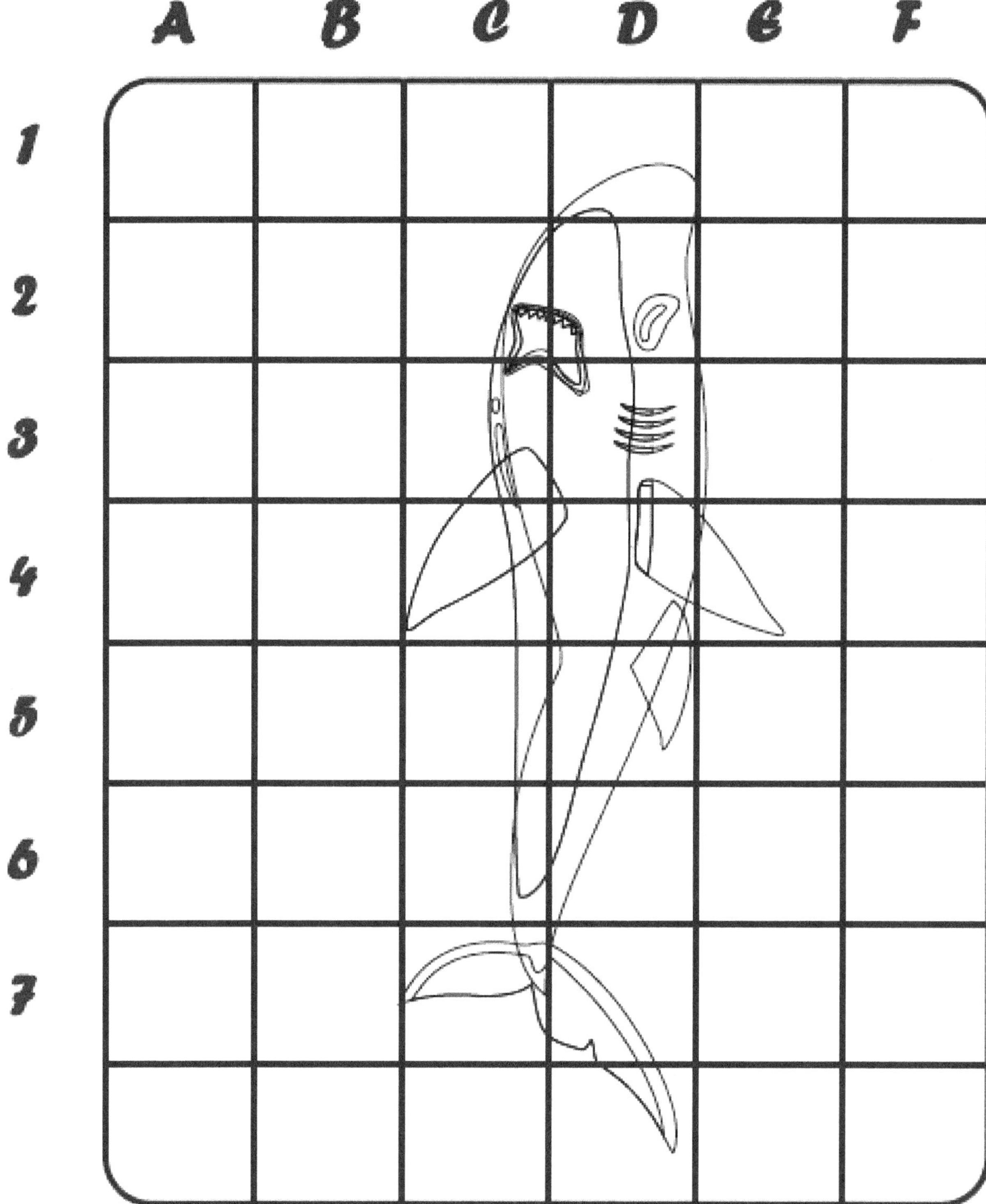

A
B
C
D
E
F
1
2
3
4
5
6
7

	A	B	C	D	E	F
1						
2						
3						
4						
5						
6						
7						

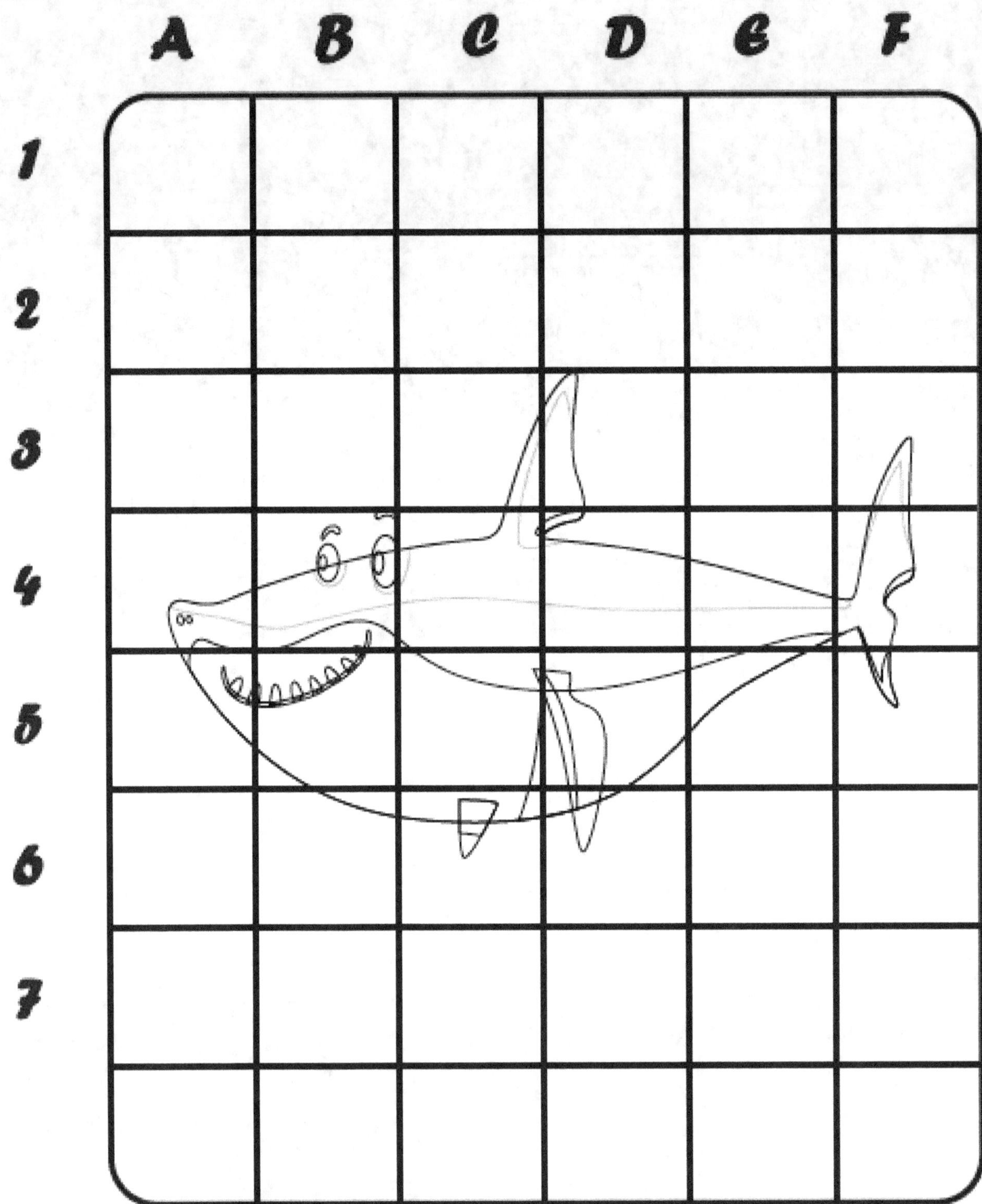

A B C D E F
1 2 3 4 5 6 7

	A	B	C	D	E	F
1						
2						
3						
4						
5						
6						
7						

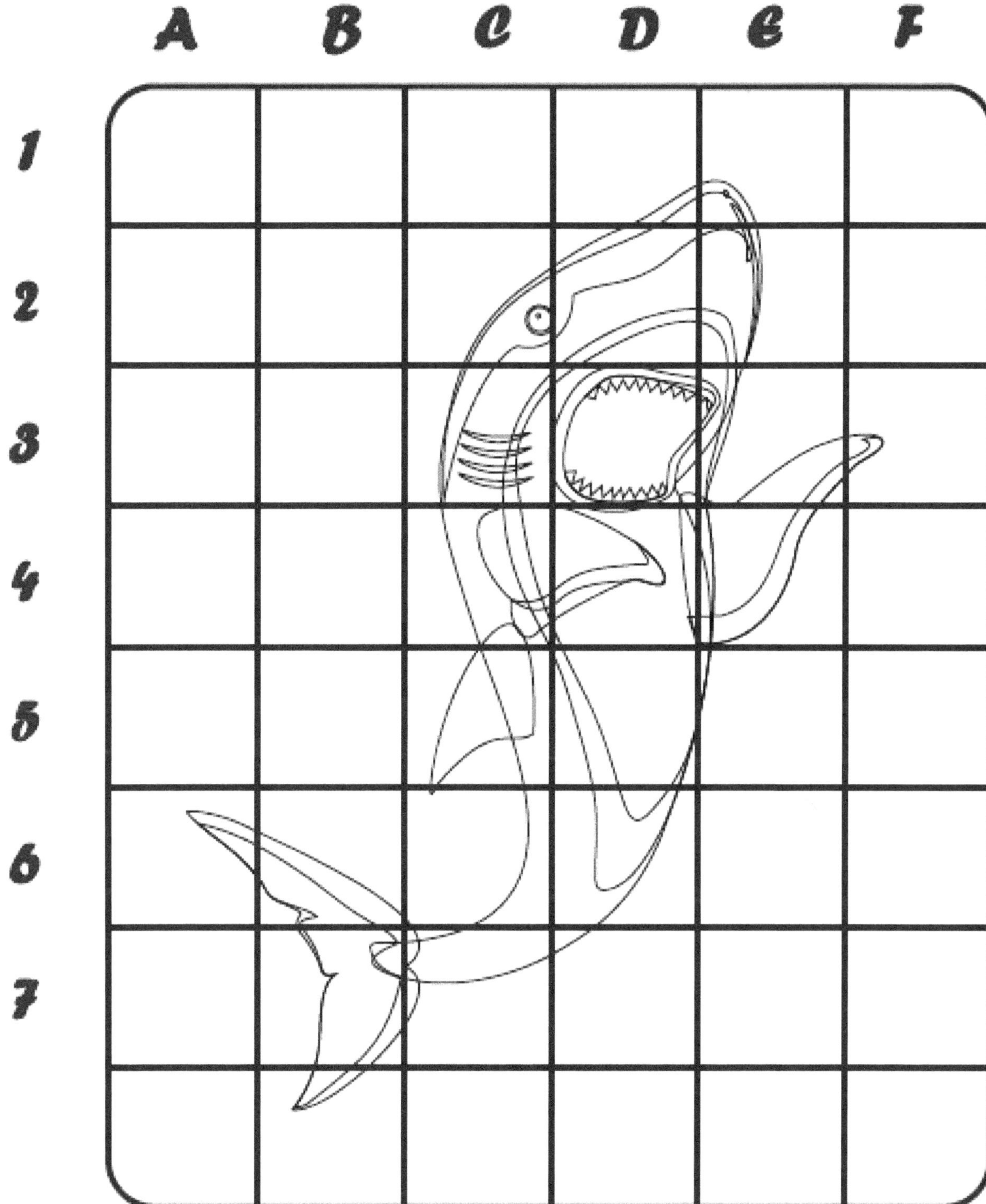

A B C D E F
1
2
3
4
5
6
7

	A	B	C	D	E	F
1						
2						
3						
4						
5						
6						
7						

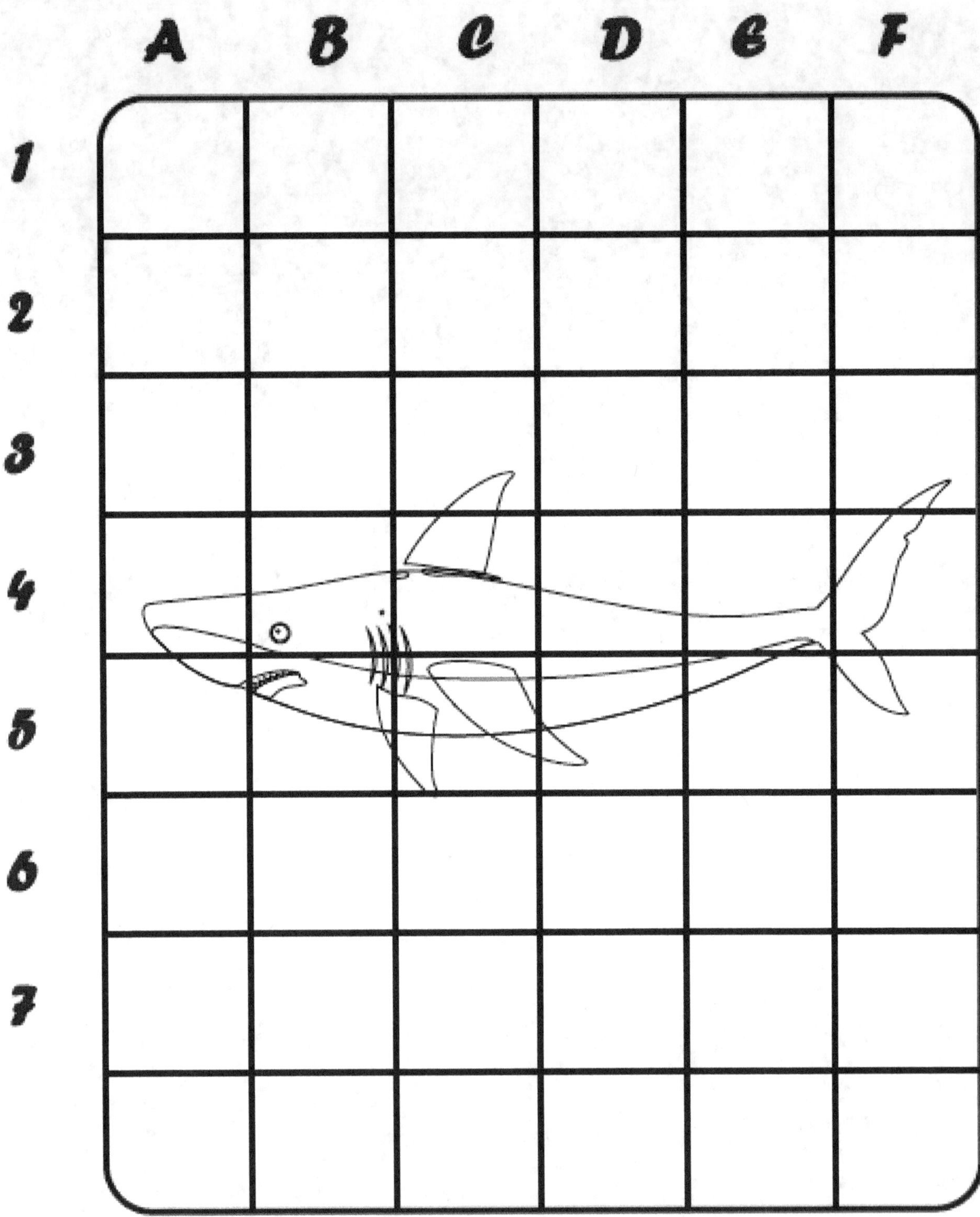

A B C D E F
1
2
3
4
5
6
7

	A	B	C	D	E	F
1						
2						
3						
4						
5						
6						
7						

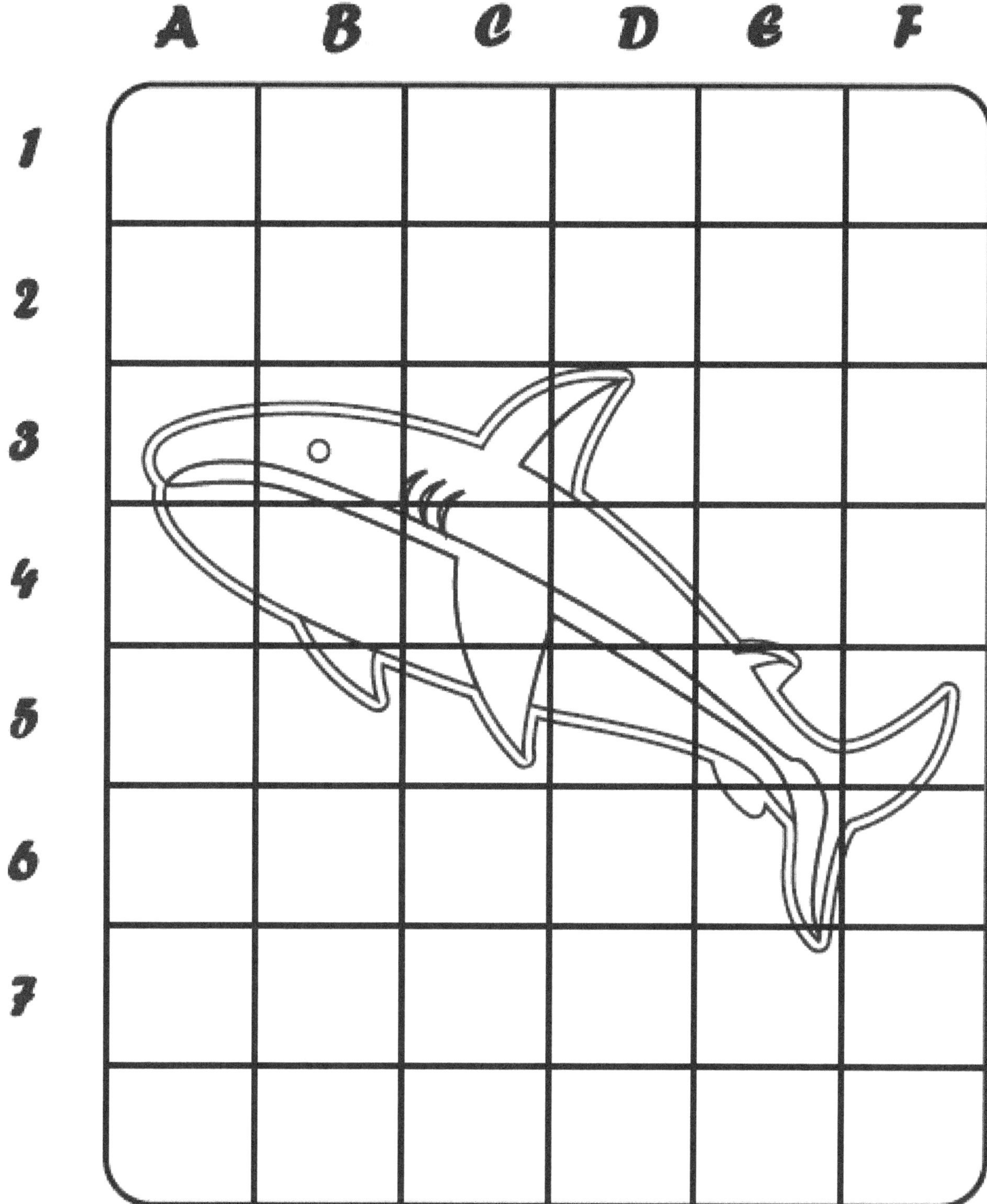

A B C D E F
1
2
3
4
5
6
7

	A	B	C	D	E	F
1						
2						
3						
4						
5						
6						
7						

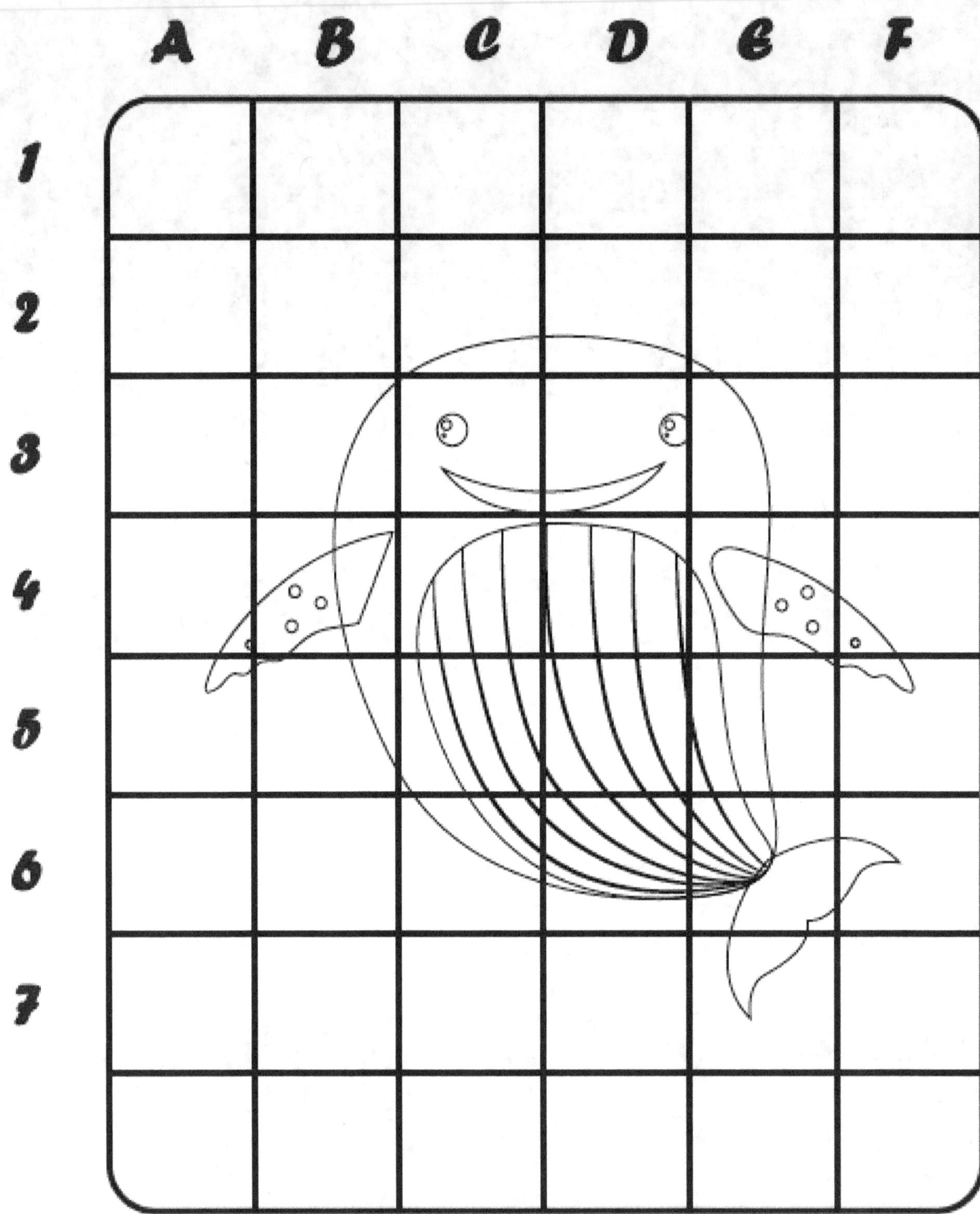

A B C D E F
1
2
3
4
5
6
7

	A	B	C	D	E	F
1						
2						
3						
4						
5						
6						
7						

A B C D E F
1
2
3
4
5
6
7

	A	B	C	D	E	F
1						
2						
3						
4						
5						
6						
7						
8						

<table>
<tr><td></td><td>A</td><td>B</td><td>C</td><td>D</td><td>E</td><td>F</td></tr>
</table>

	A	B	C	D	E	F
1						
2						
3						
4						
5						
6						
7						

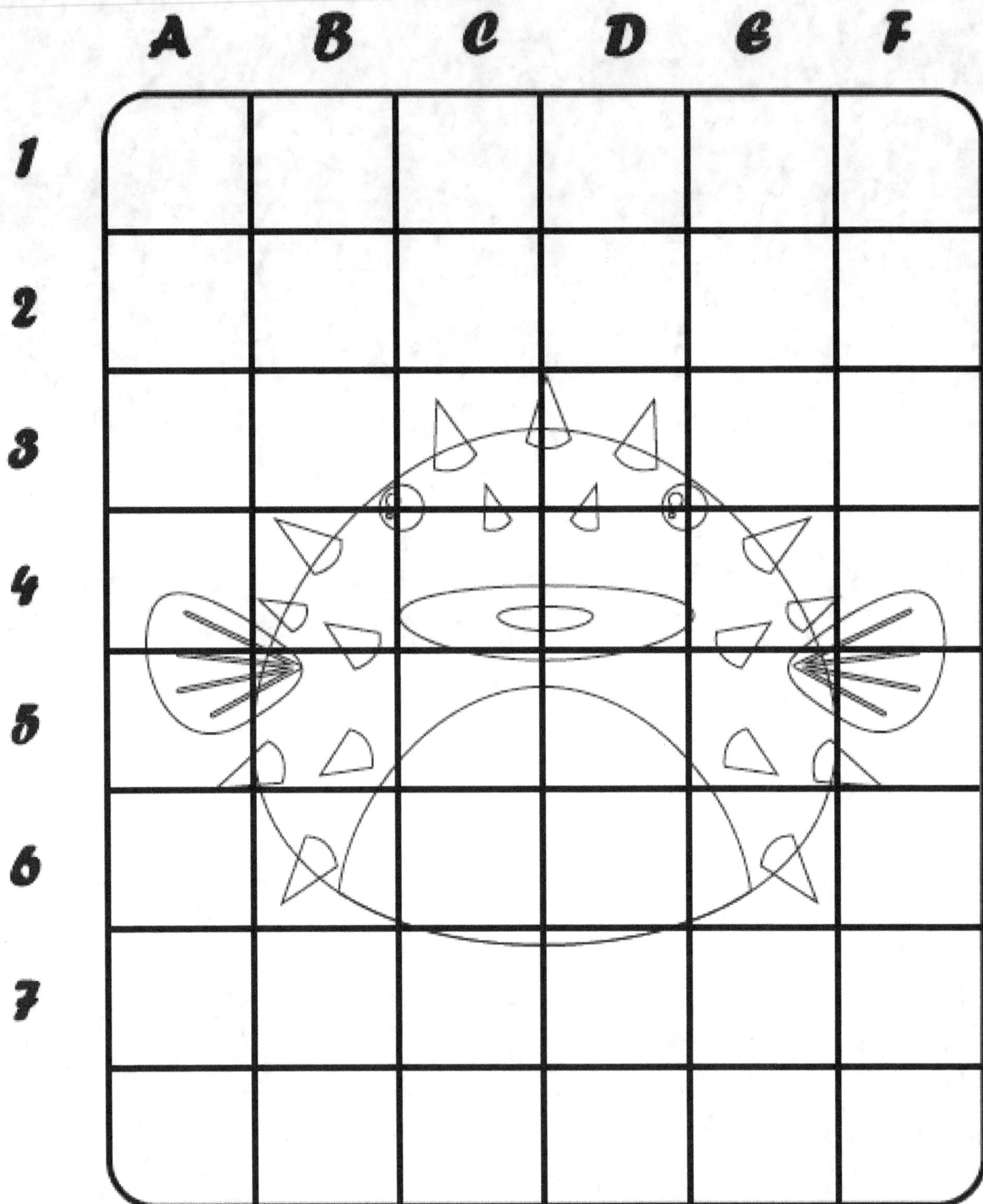

A B C D E F
1
2
3
4
5
6
7

	A	B	C	D	E	F
1						
2						
3						
4						
5						
6						
7						

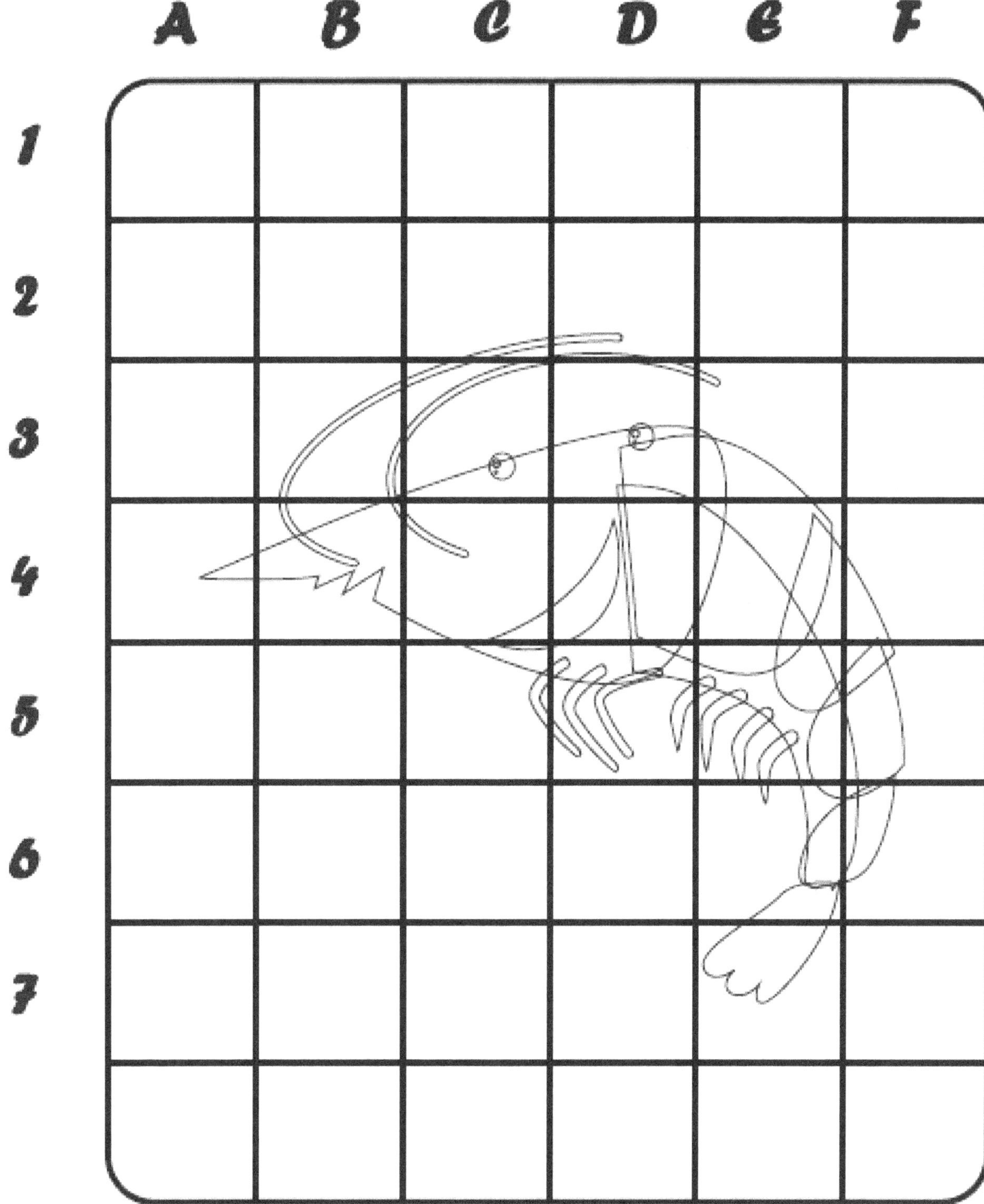

A B C D E F
1
2
3
4
5
6
7

	A	B	C	D	E	F
1						
2						
3						
4						
5						
6						
7						

A B C D E F
1
2
3
4
5
6
7
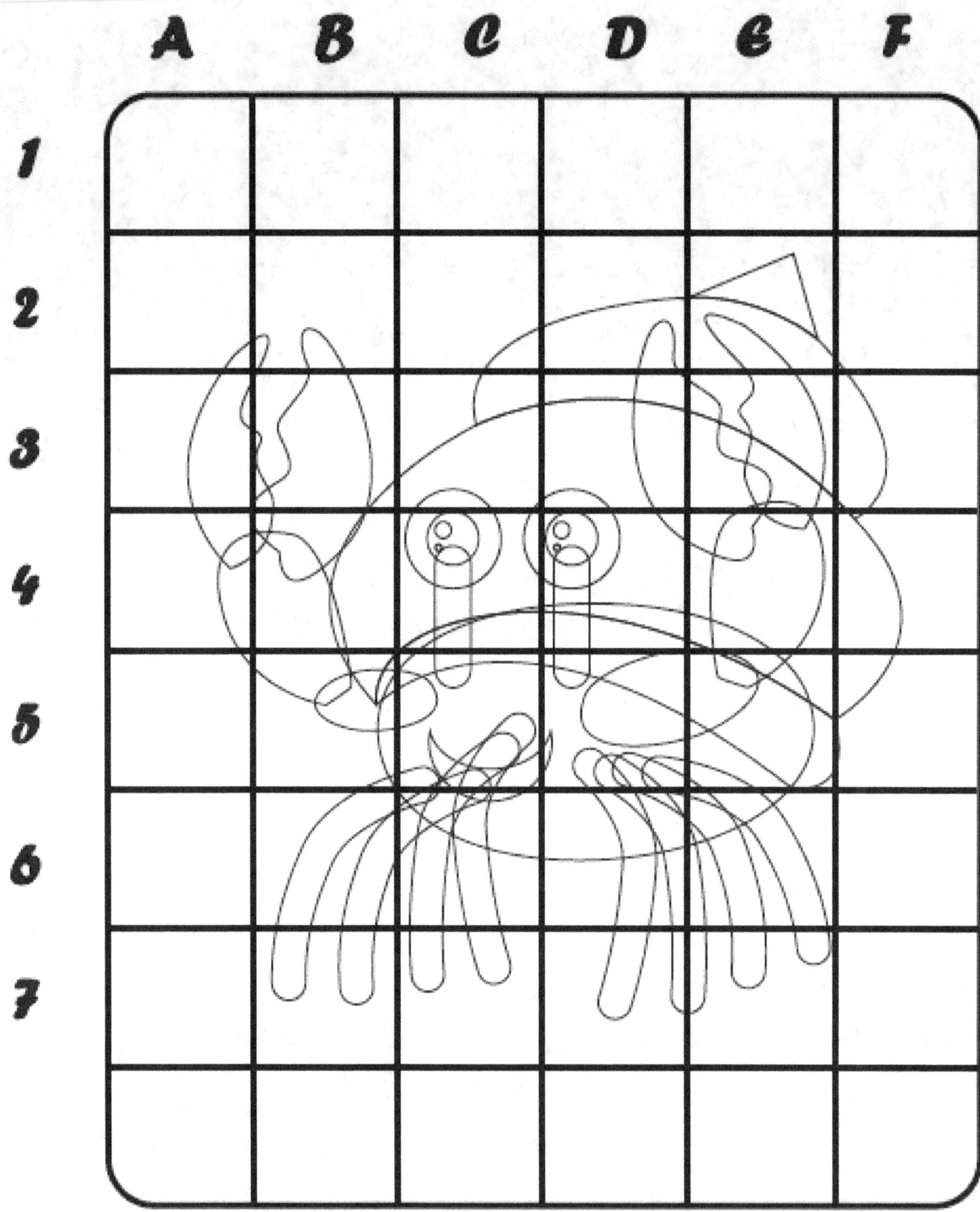

	A	B	C	D	E	F
1						
2						
3						
4						
5						
6						
7						

	A	B	C	D	E	F
1						
2						
3						
4						
5						
6						
7						

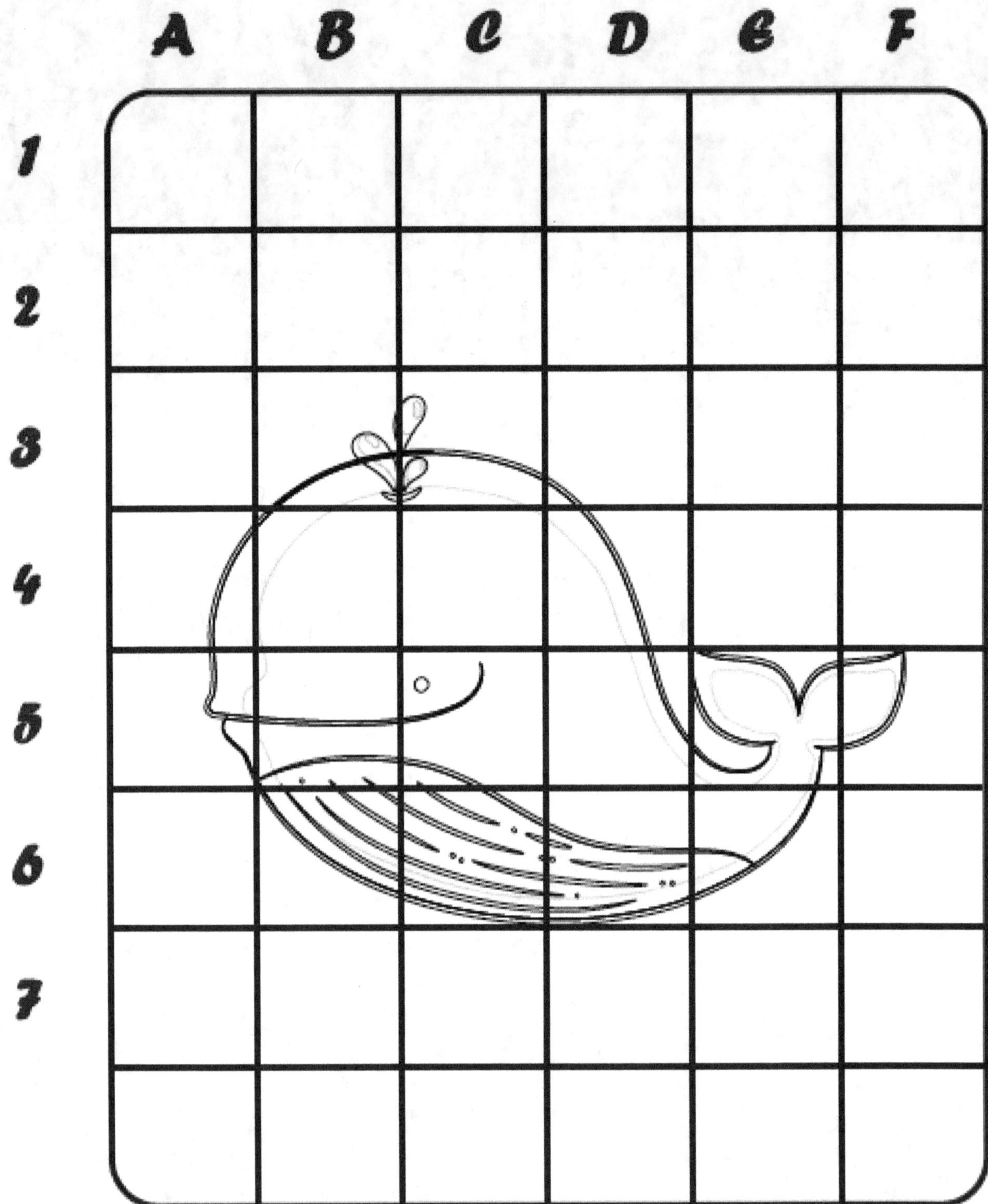

A B C D E F
1
2
3
4
5
6
7

	A	B	C	D	E	F
1						
2						
3						
4						
5						
6						
7						

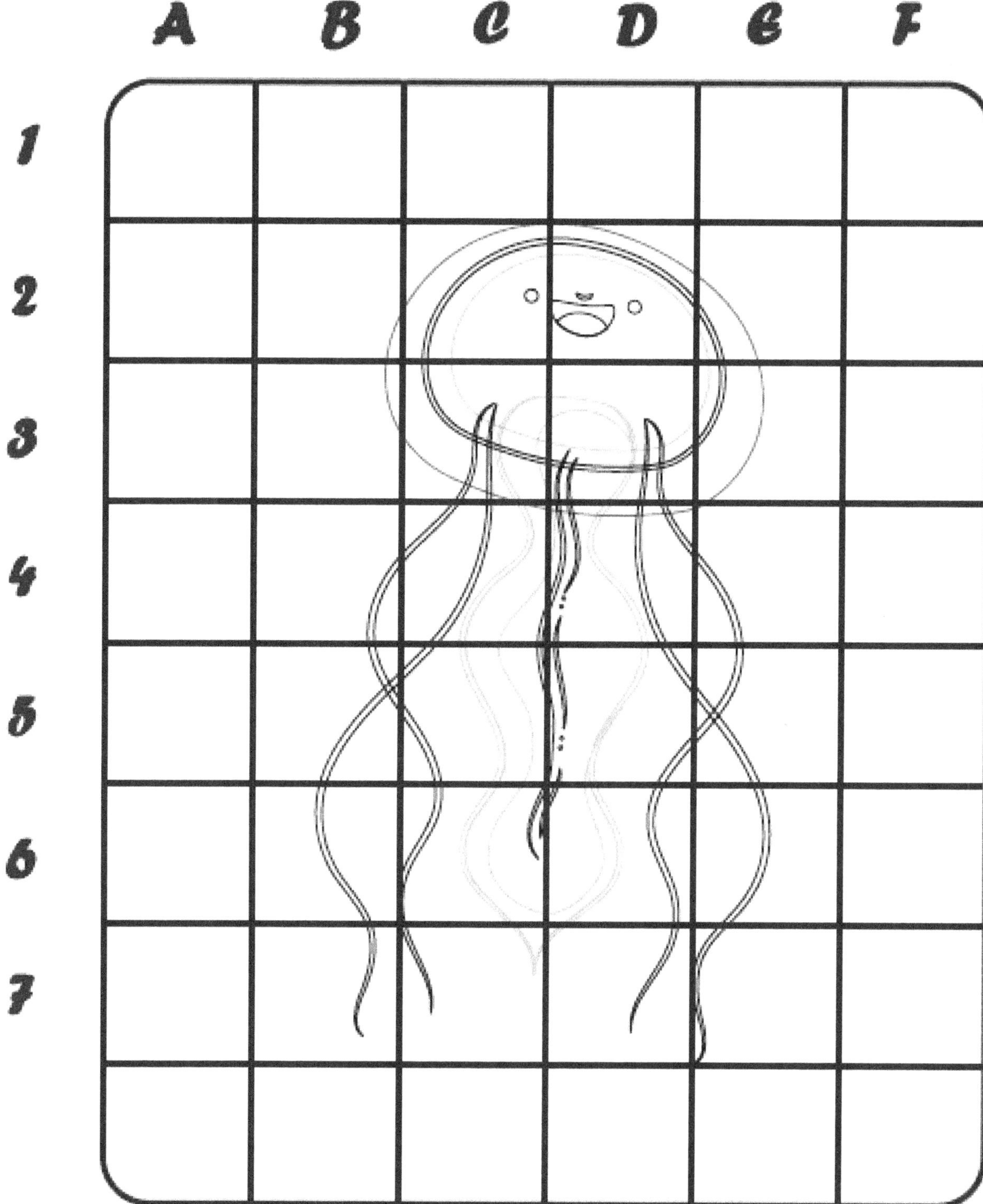

A B C D E F
1 2 3 4 5 6 7

	A	B	C	D	E	F
1						
2						
3						
4						
5						
6						
7						

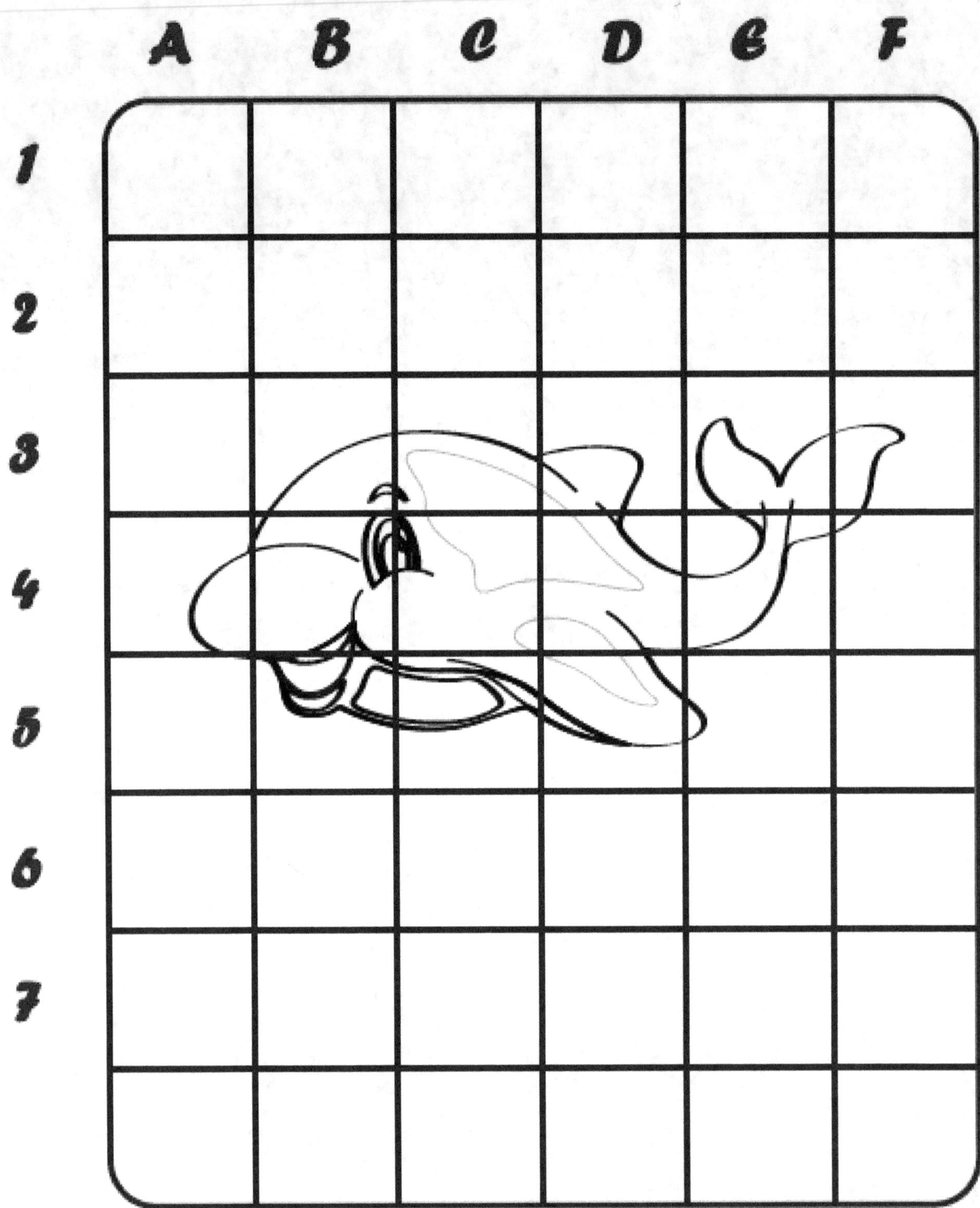

	A	B	C	D	E	F
1						
2						
3						
4						
5						
6						
7						

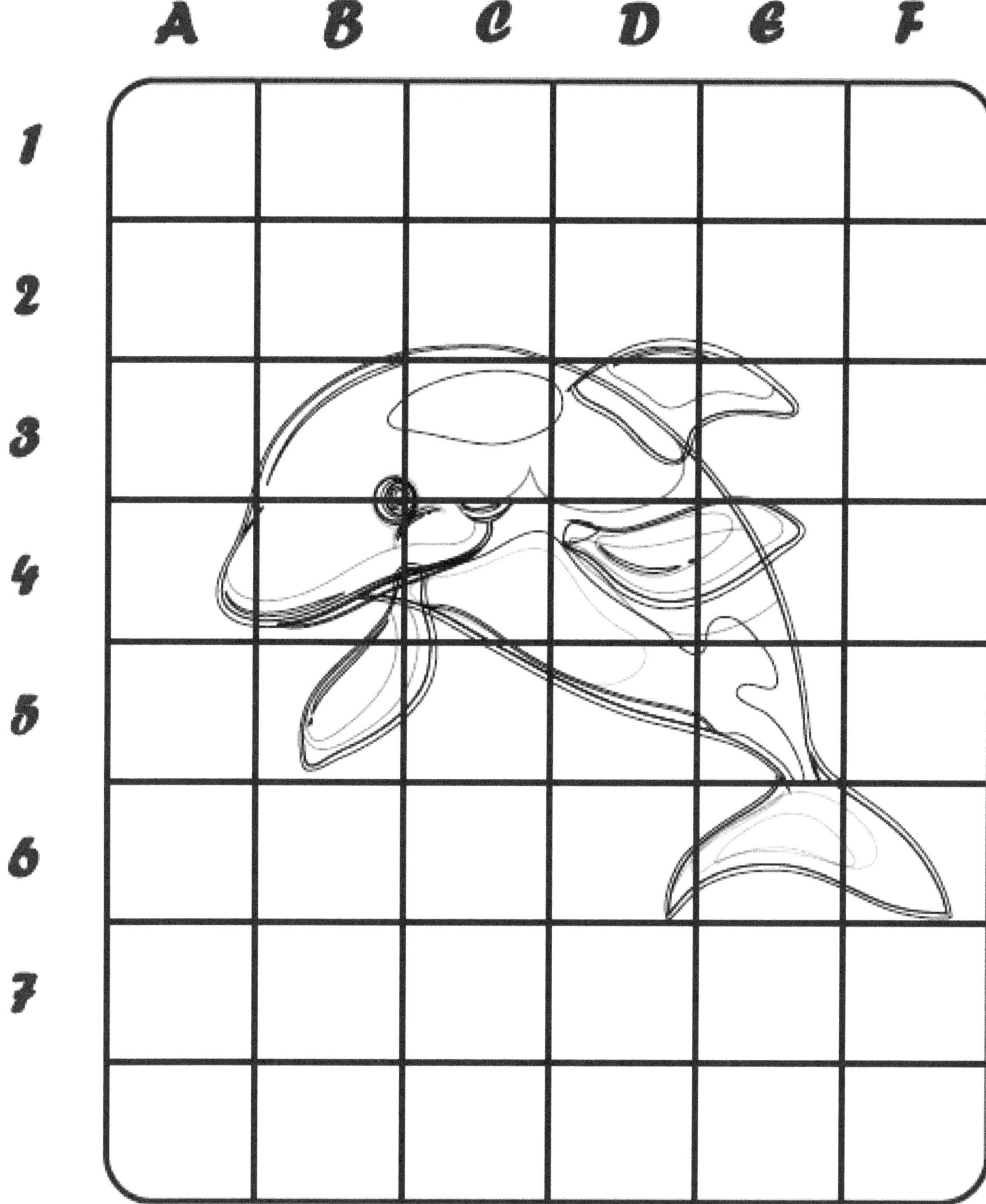

A B C D E F
1 2 3 4 5 6 7

	A	B	C	D	E	F
1						
2						
3						
4						
5						
6						
7						

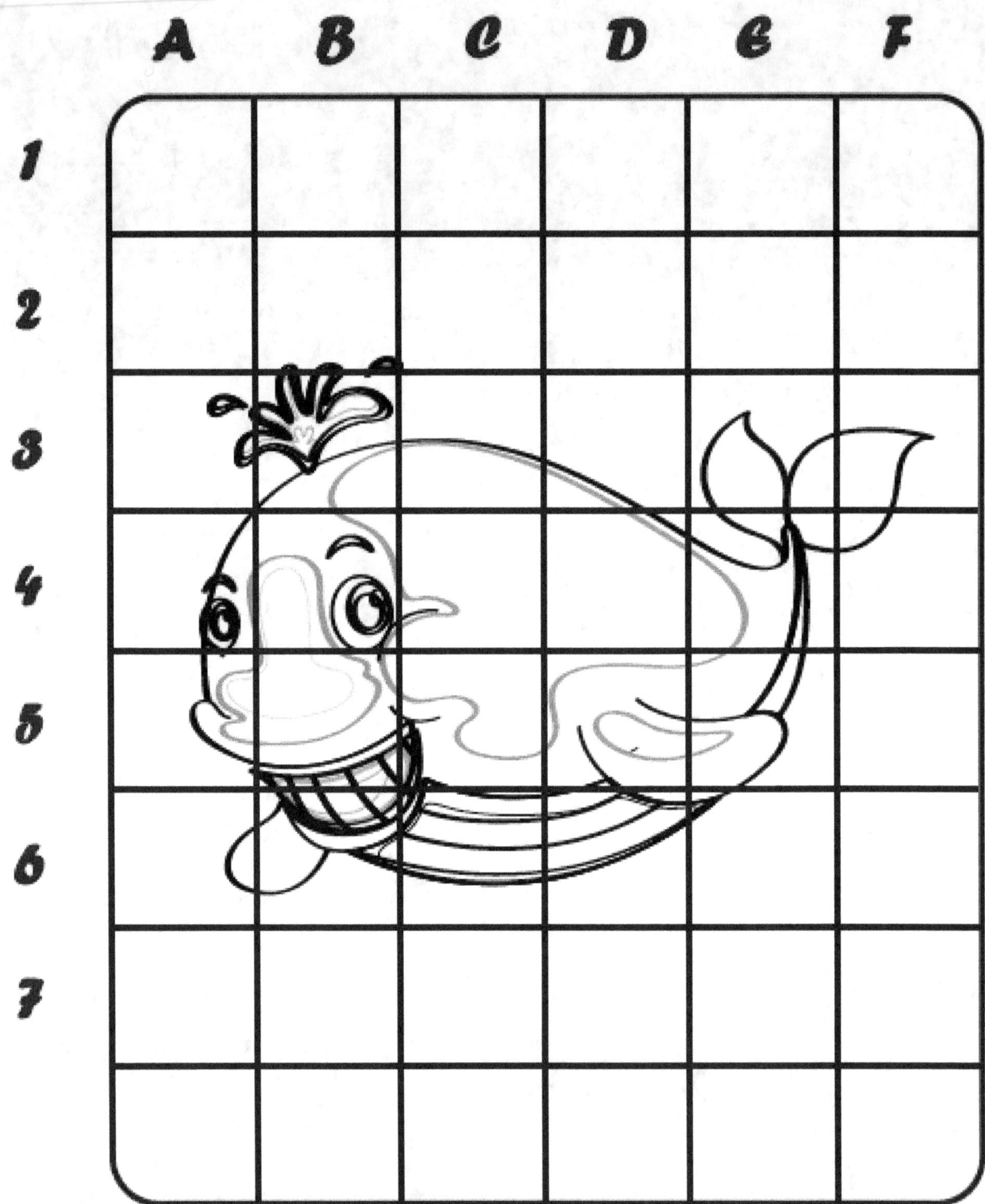

A B C D E F
1
2
3
4
5
6
7

	A	B	C	D	E	F
1						
2						
3						
4						
5						
6						
7						

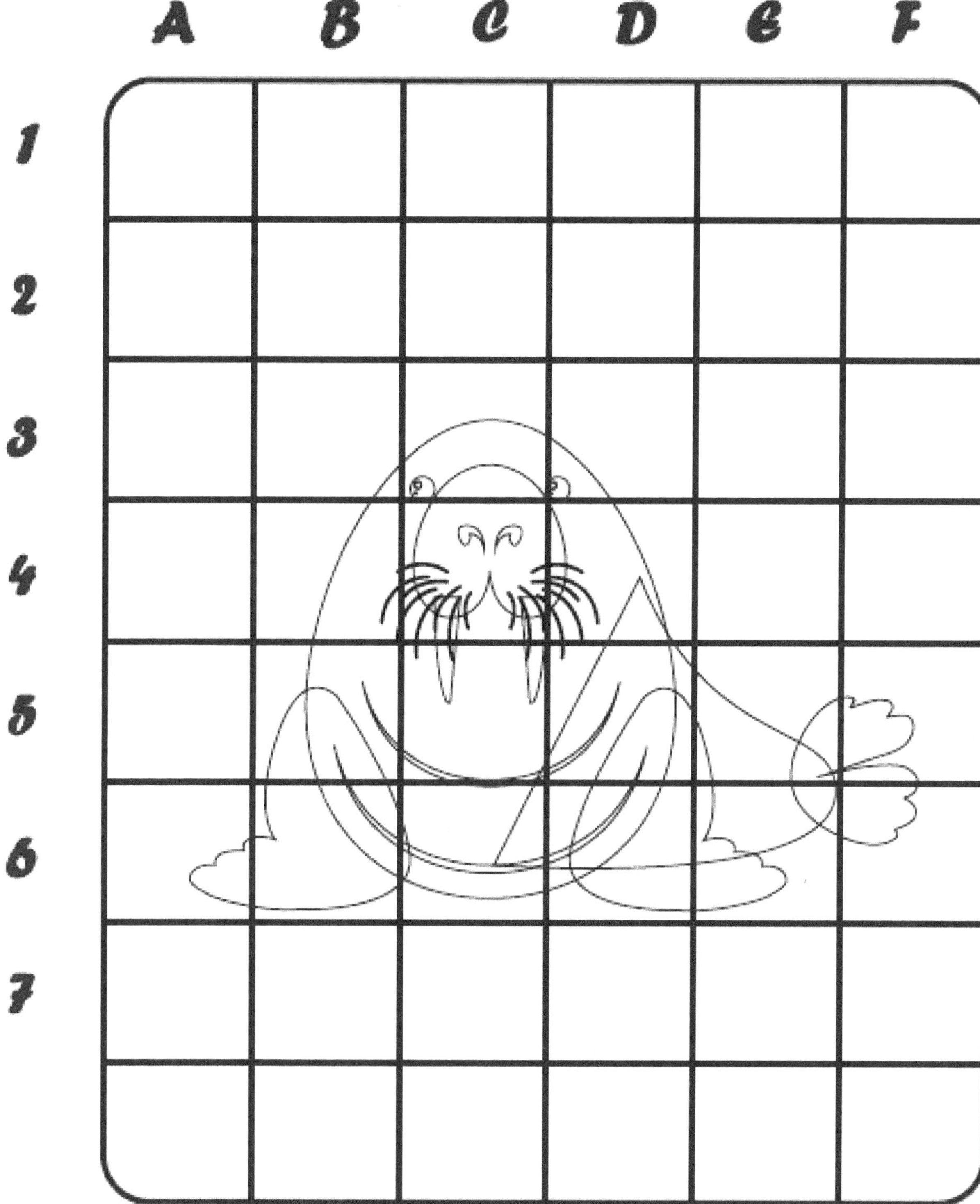

A B C D E F
1 2 3 4 5 6 7

	A	B	C	D	E	F
1						
2						
3						
4						
5						
6						
7						

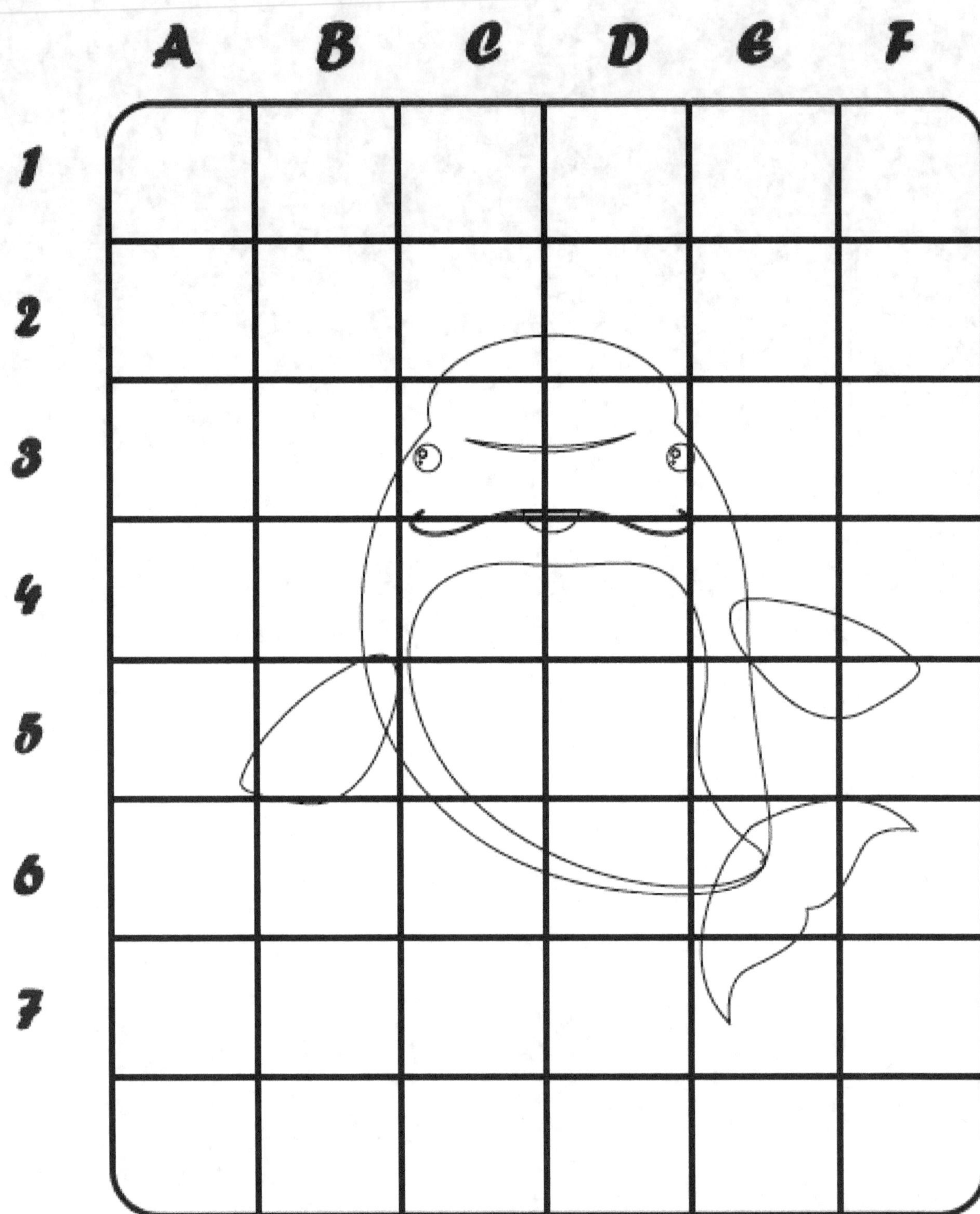
A   B   C   D   E   F
1
2
3
4
5
6
7

	A	B	C	D	E	F
1						
2						
3						
4						
5						
6						
7						

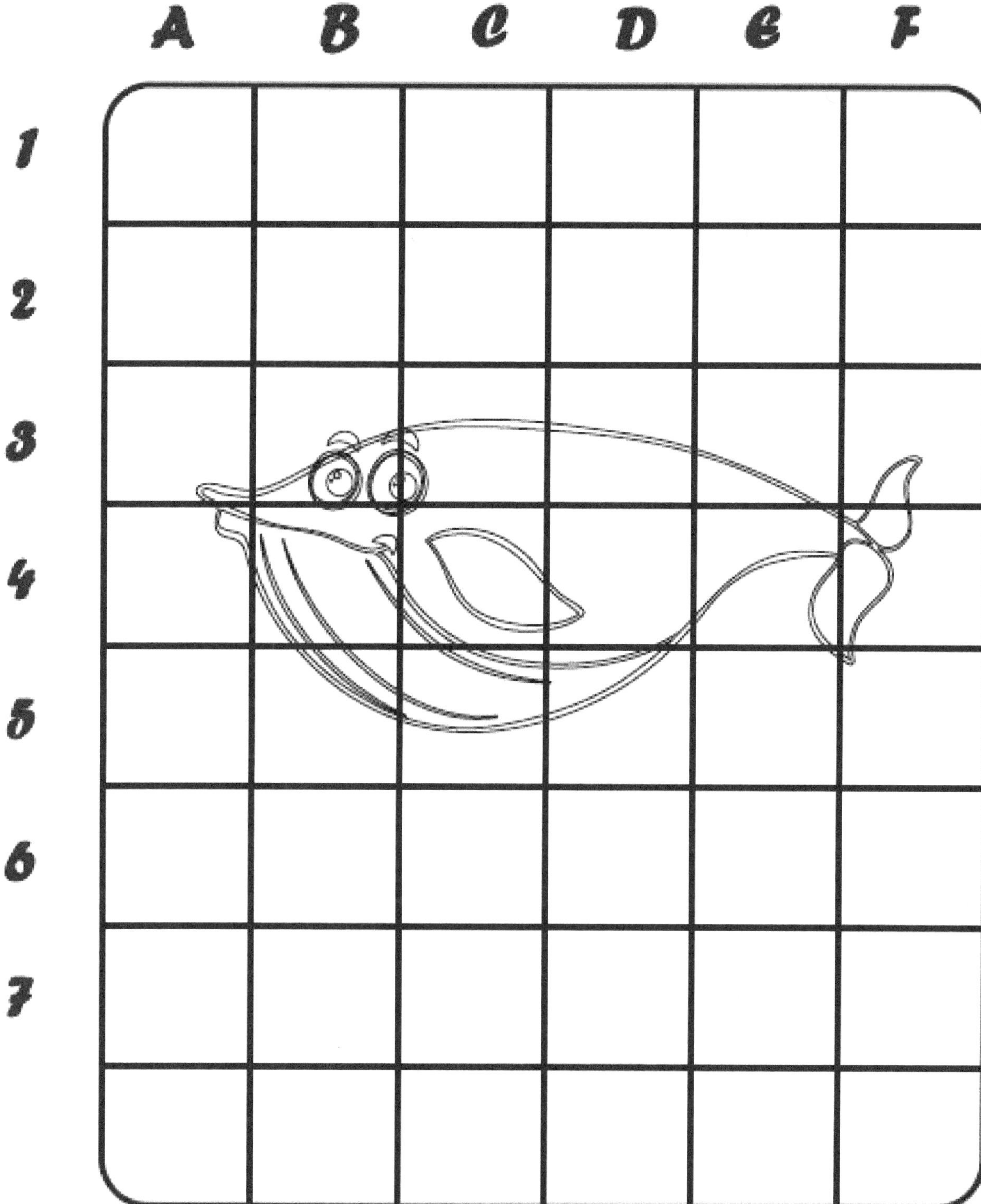

A B C D E F
1
2
3
4
5
6
7

	A	B	C	D	E	F
1						
2						
3						
4						
5						
6						
7						

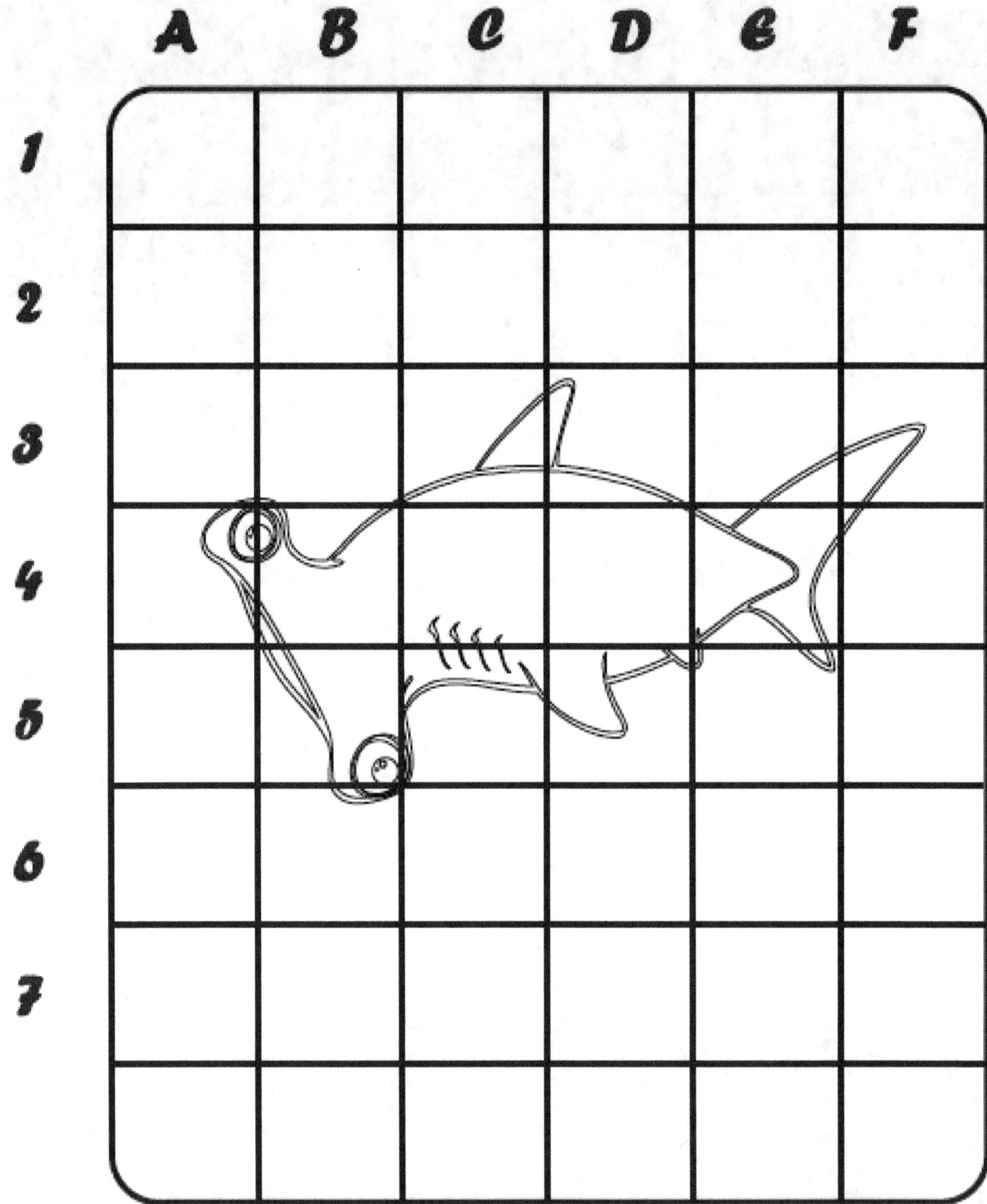

A B C D E F
1
2
3
4
5
6
7

	A	B	C	D	E	F
1						
2						
3						
4						
5						
6						
7						

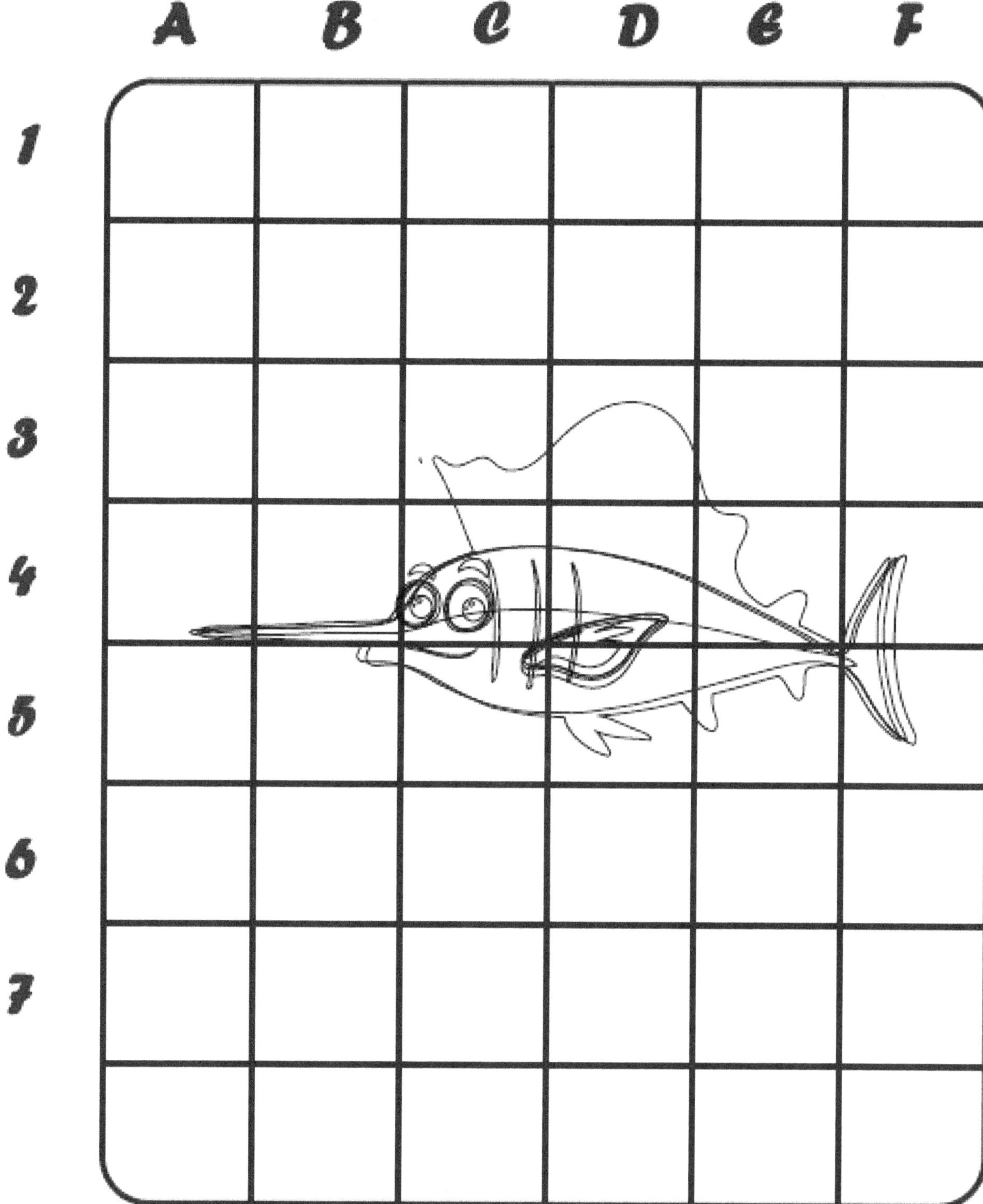

	A	B	C	D	E	F
1						
2						
3						
4						
5						
6						
7						

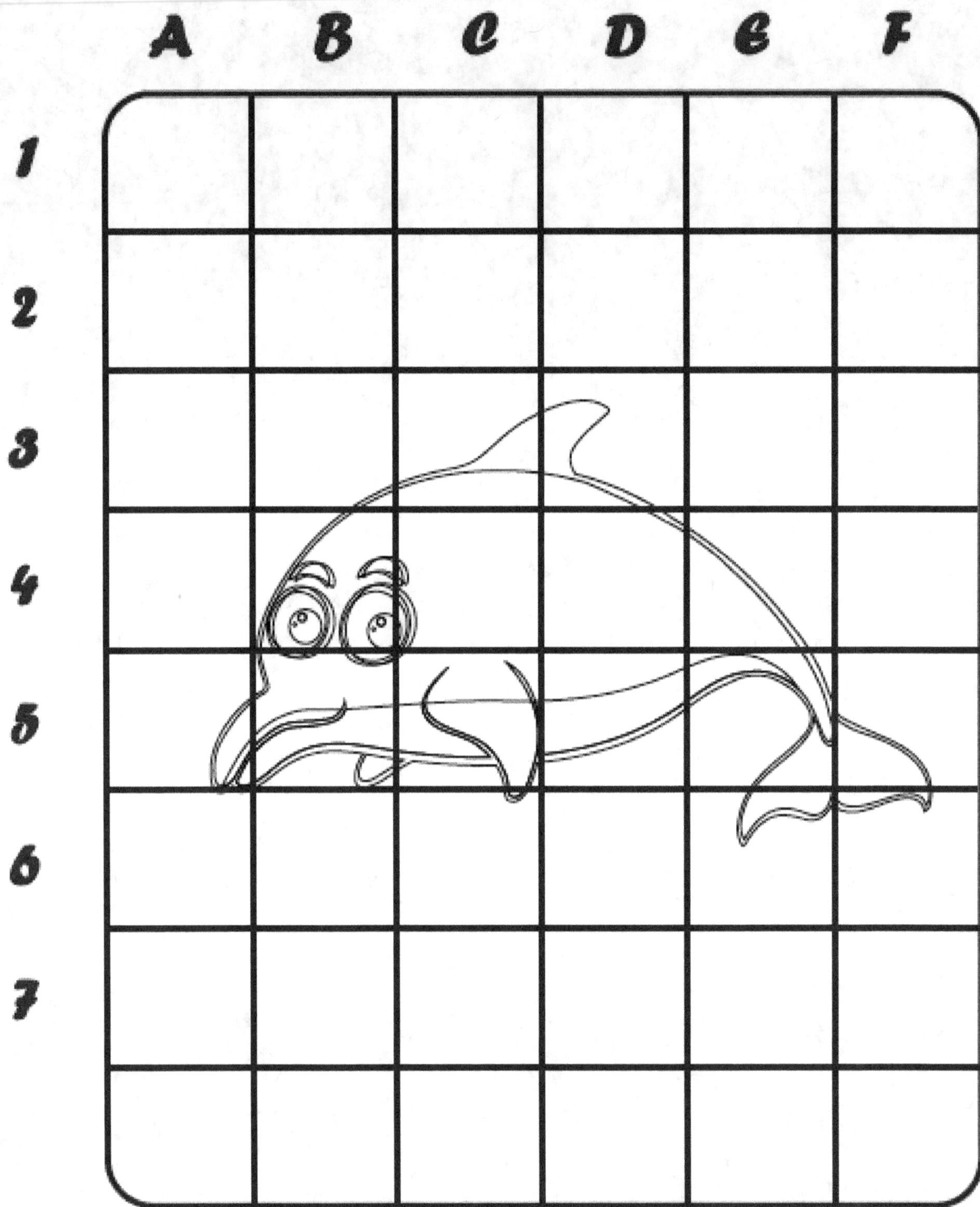

A B C D E F
1
2
3
4
5
6
7

	A	B	C	D	E	F
1						
2						
3						
4						
5						
6						
7						

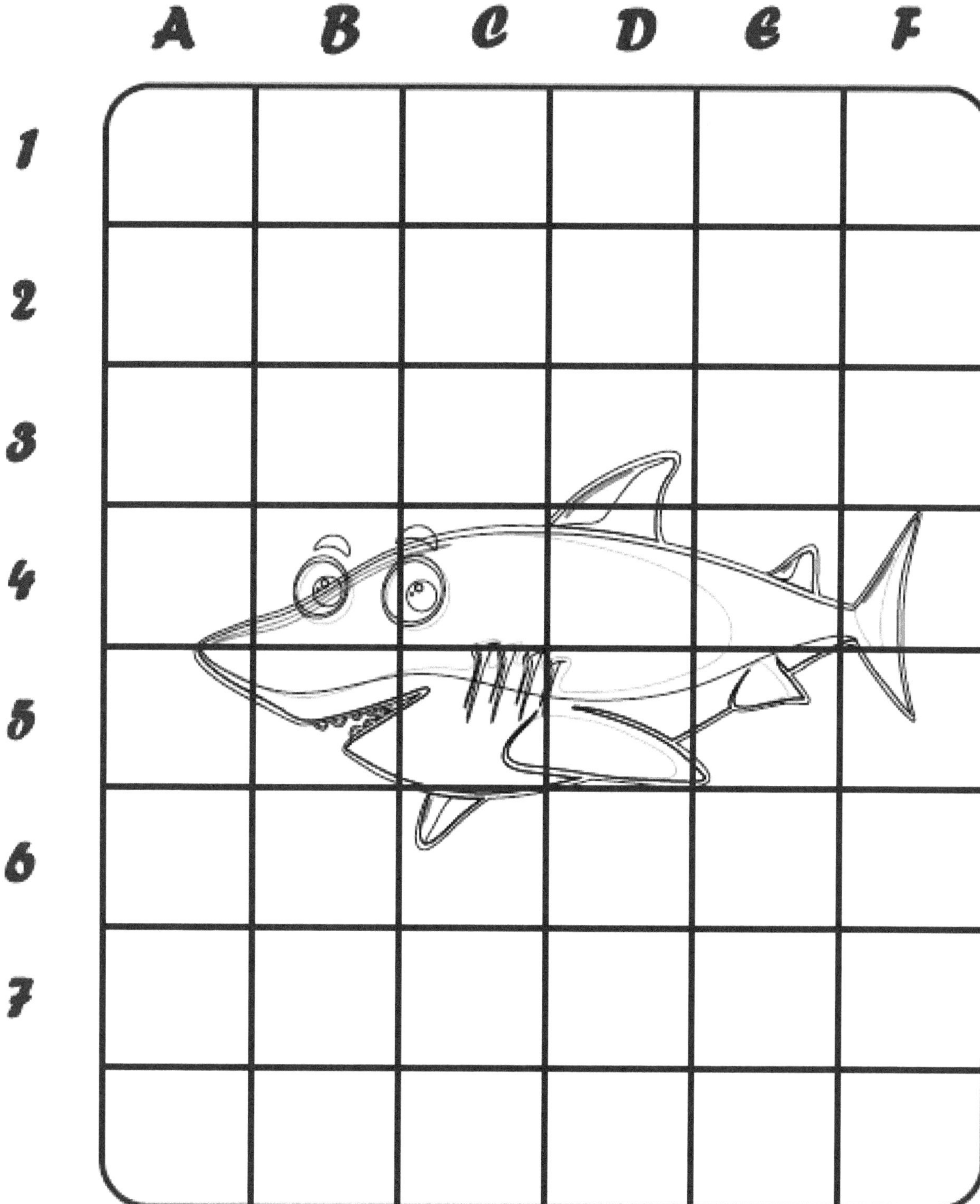

A B C D E F
1
2
3
4
5
6
7

	A	B	C	D	E	F
1						
2						
3						
4						
5						
6						
7						

A B C D E F
1
2
3
4
5
6
7
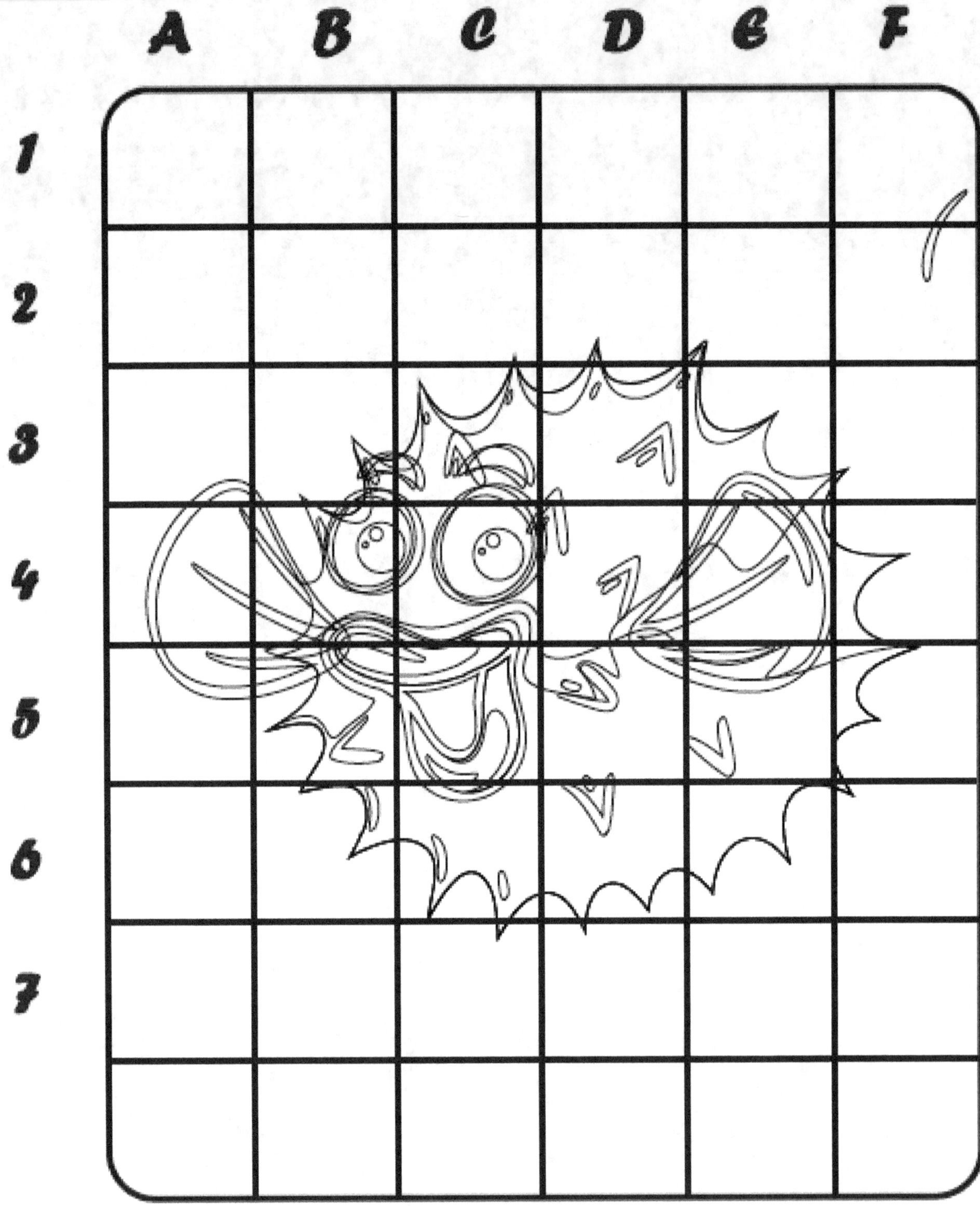

	A	B	C	D	E	F
1						
2						
3						
4						
5						
6						
7						

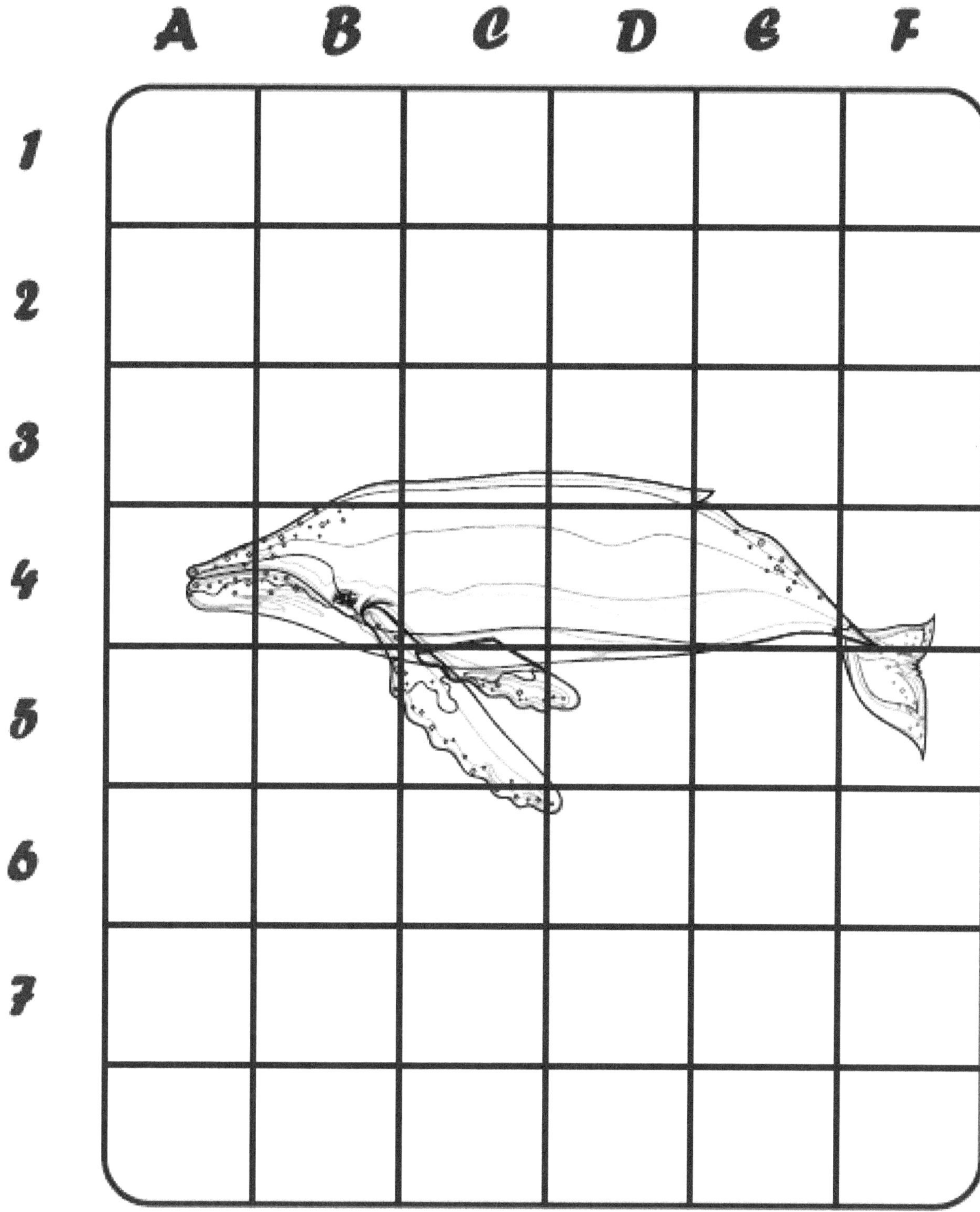

A B C D E F
1
2
3
4
5
6
7

	A	B	C	D	E	F
1						
2						
3						
4						
5						
6						
7						

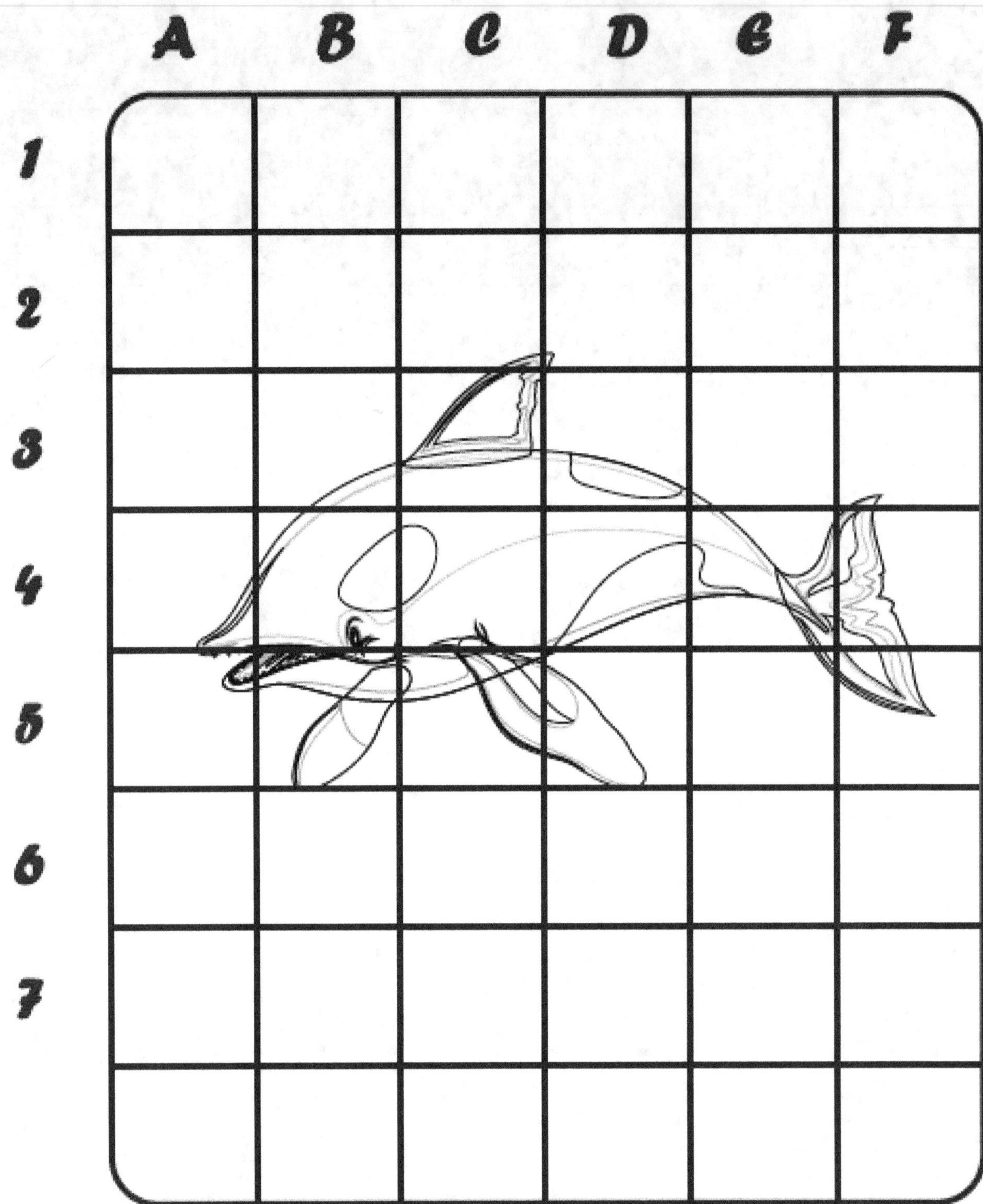

A B C D E F
1
2
3
4
5
6
7

	A	B	C	D	E	F
1						
2						
3						
4						
5						
6						
7						

A B C D E F
1
2
3
4
5
6
7

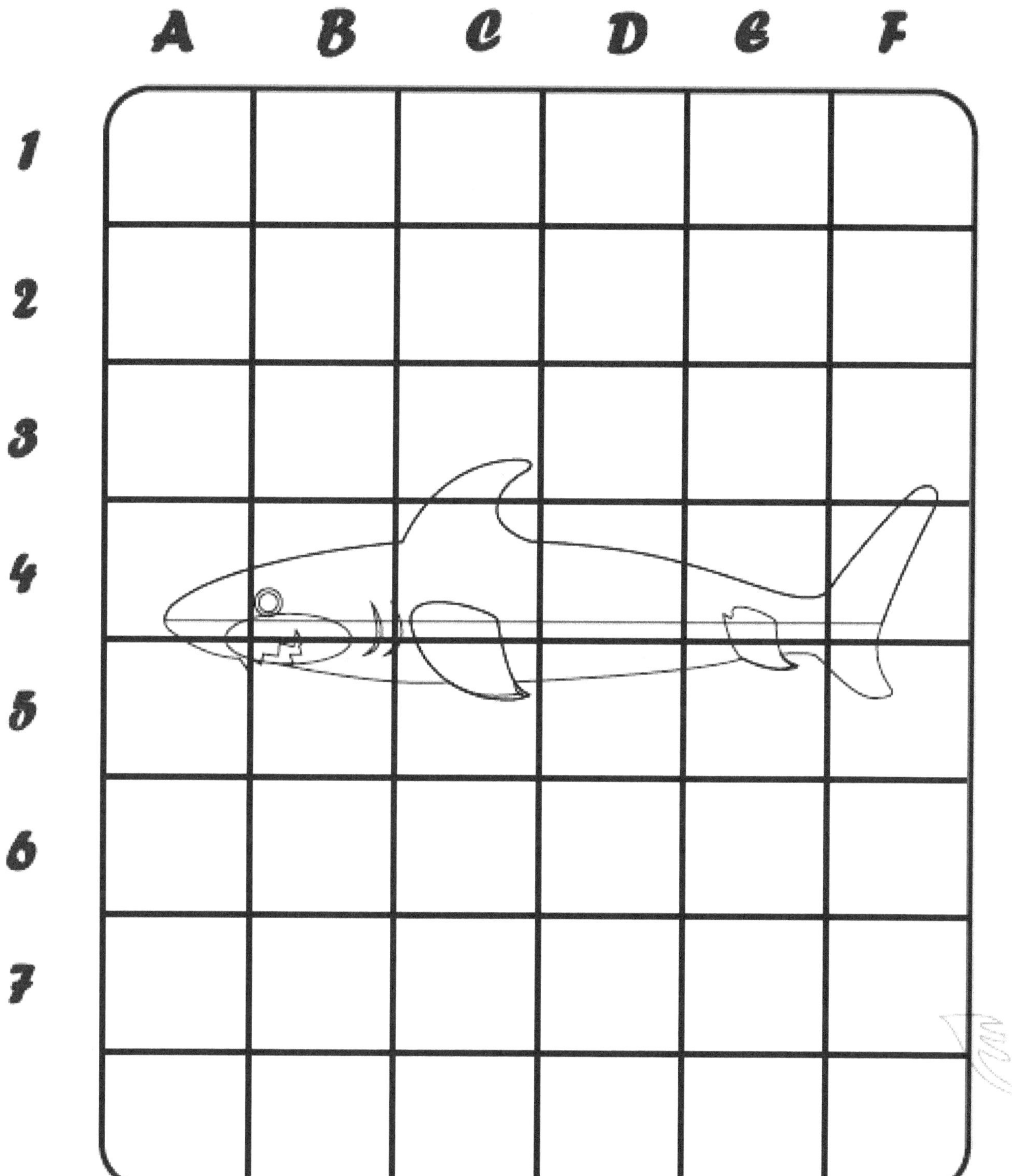

	A	B	C	D	E	F
1						
2						
3						
4						
5						
6						
7						

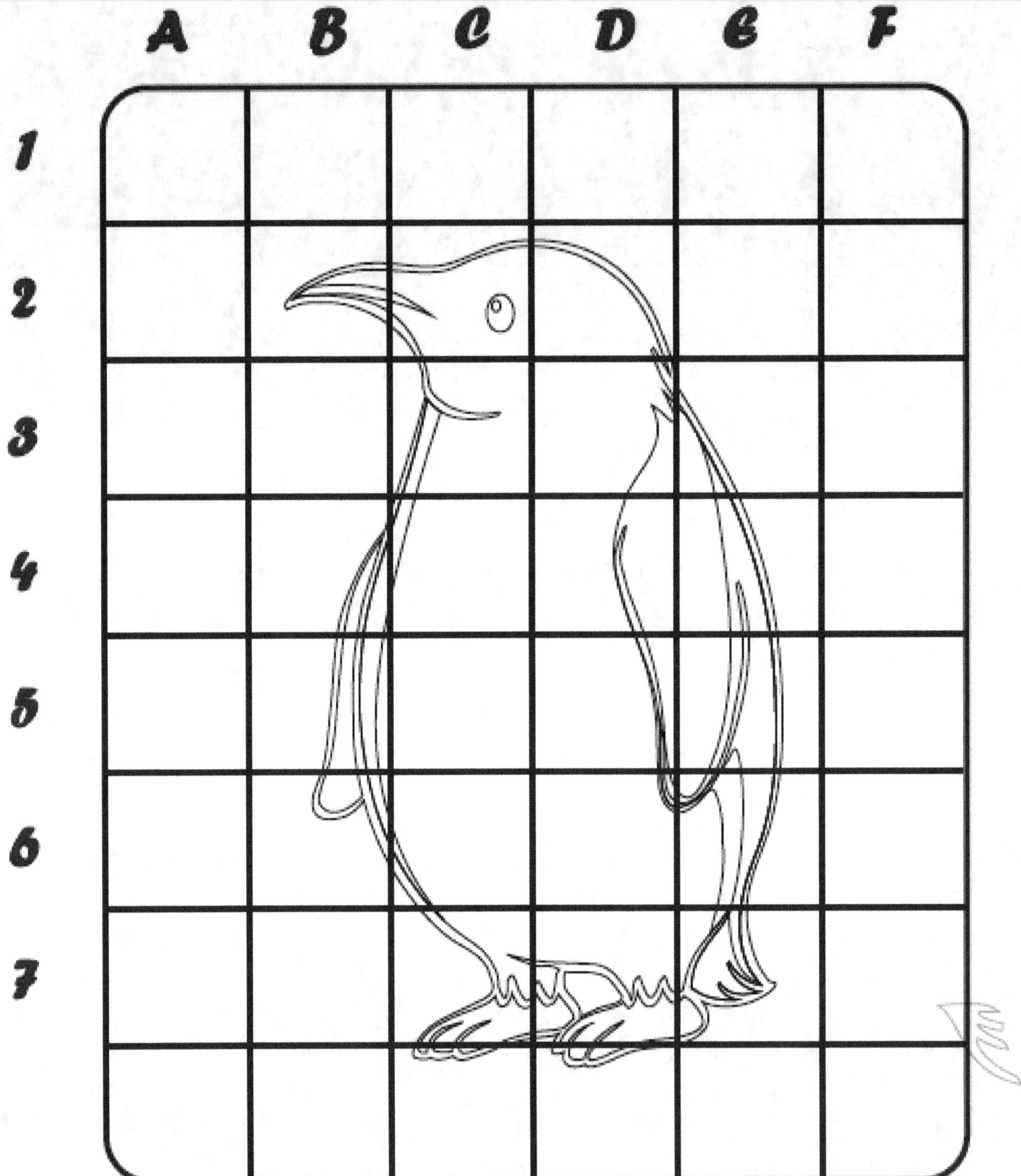

A B C D E F
1
2
3
4
5
6
7

	A	B	C	D	E	F
1						
2						
3						
4						
5						
6						
7						

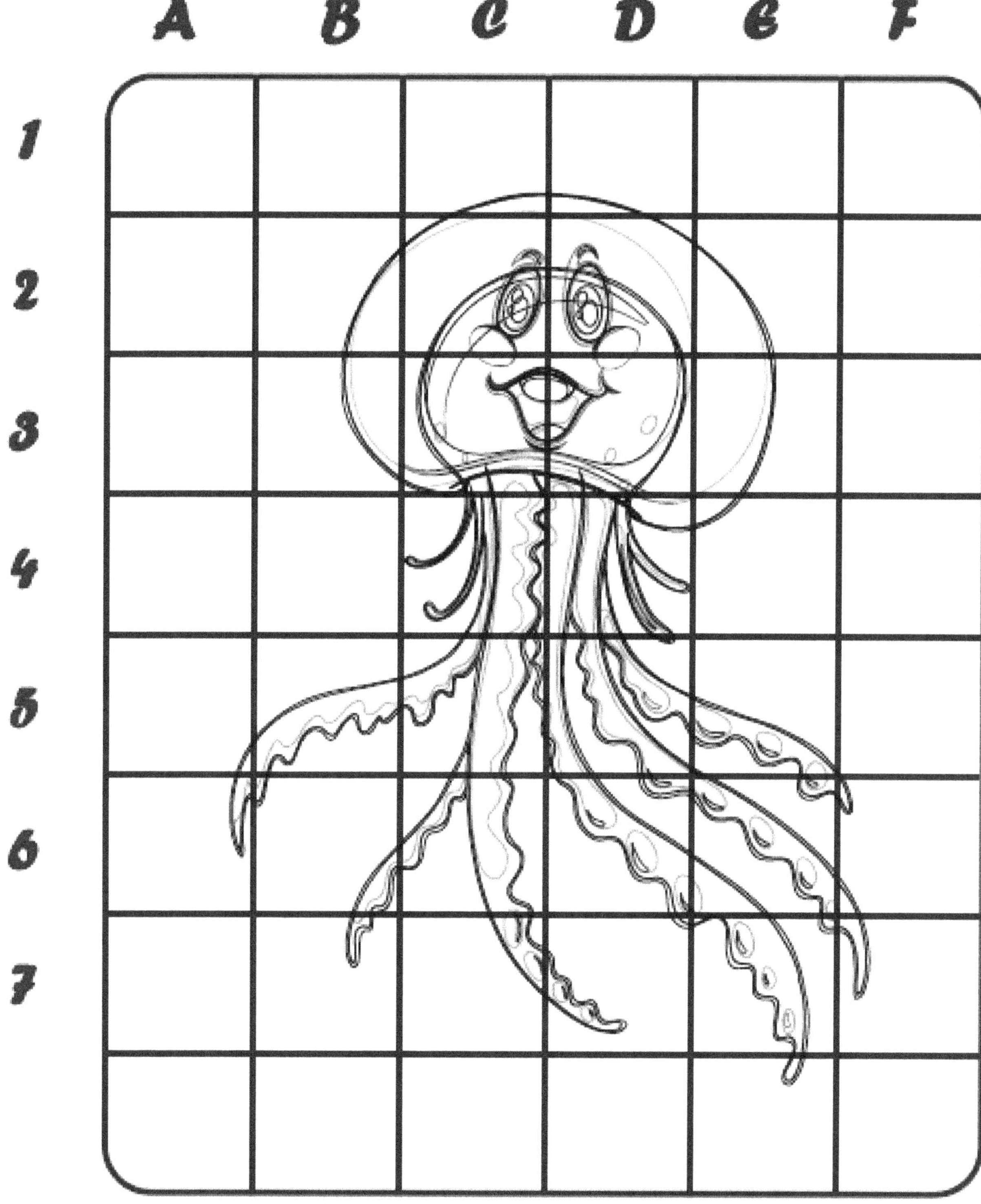

A B C D E F
1 2 3 4 5 6 7

	A	B	C	D	E	F
1						
2						
3						
4						
5						
6						
7						

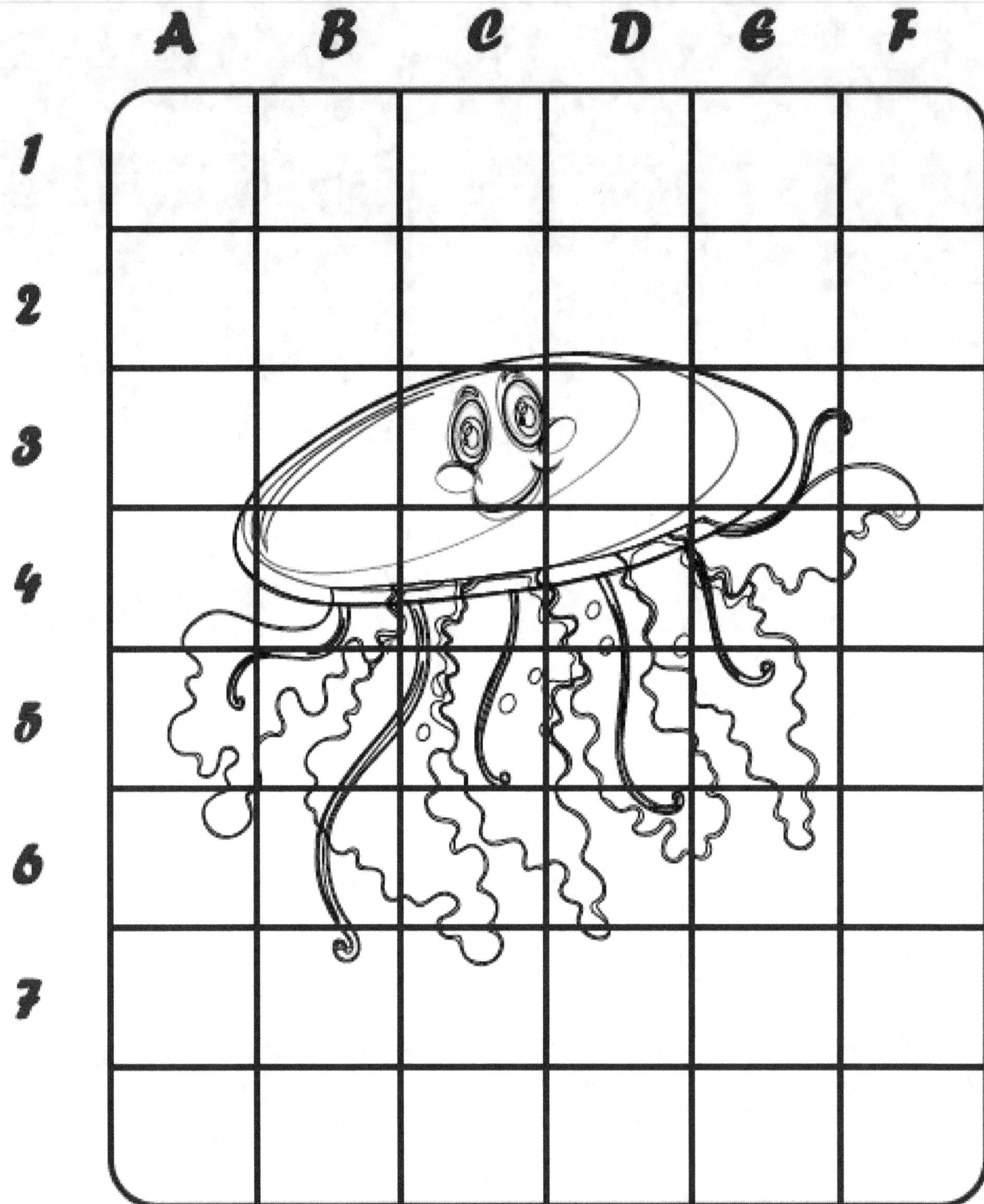

	A	B	C	D	E	F
1						
2						
3						
4						
5						
6						
7						

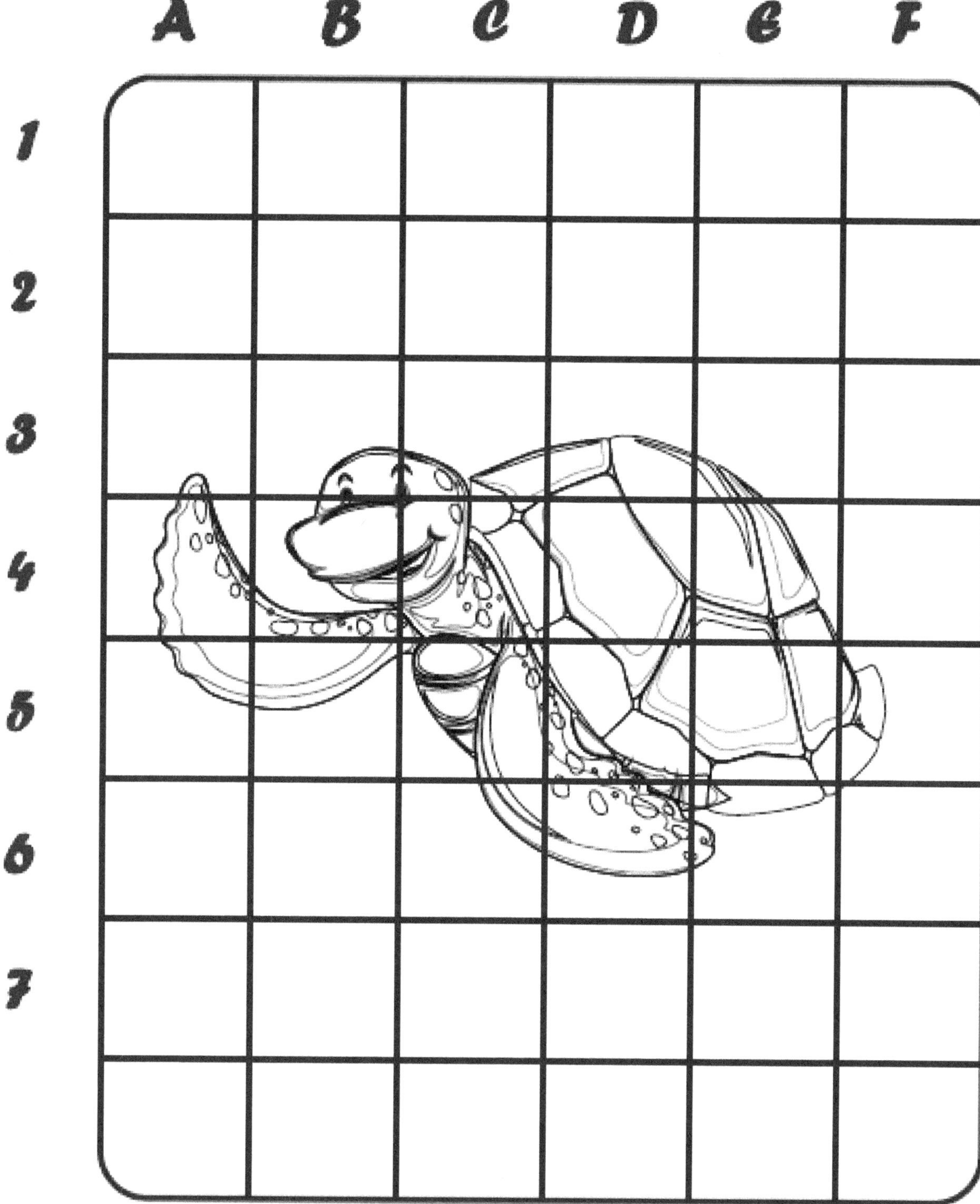

A B C D E F
1
2
3
4
5
6
7

	A	B	C	D	E	F
1						
2						
3						
4						
5						
6						
7						

Learning kids via the way to copy the network! The grid method has been used for centuries and is a great way to work on observation and proportion skills while illustrations, this book will keep 30 drawing! With over your children entertained for days and help them develop their drawing